凌辱のアイリス

大正花色子物語 上

高矢智妃
Takaya Tomoki

文芸社ピーチ文庫

凌辱のアイリス

大正花色子物語　上

人物紹介

吉祥：本名、香月あさぎ。借金のために色子に身を堕とし、『杜若楼』での最高位、瑞鳳の色子になる。
桜川俊一郎：吉祥の高校の先輩。淡い思いを抱いていた。
剣崎亮三郎：華族出身の海軍将校。
多賀六郎：杜若楼・楼主。吉祥を見こんで瑞鳳に据える。守銭奴？
雪風・雲竜：吉祥専用の金剛。
安宅：瑞鳳の間の先輩。吉祥に瑞鳳の心得を伝える。
松風：安宅の思い人。
初夢：杜若楼の色子。吉祥をライバル視している。
相田：杜若楼の会計。

用語紹介

瑞鳳：杜若楼の最高位の色子の称号。
青蘭：瑞鳳の下の称号。人気のある十人程がこの称号を持っている。
螺鈿：大部屋で、一夜、数人の客を取らされる色子たち。
口子：口だけで客をもてなす、まだ水揚げしていない幼い色子たち。

検番：杜若楼の事務所。
金剛：杜若楼で働く男たち。色子たちの世話から用心棒までこなす。

落籍《ひか》す：身受けする、の意味。
水揚げ：初めて身体を客に売る、の意味。

目次

第一章

1

「あさぎ」

懐かしい声が僕を引き止めようとするかのように呼んだ。そんな気がして振り返った。だが、その声の主がそこにいるはずがない。ただ、たくさんの人々が行きかう隙間を埋めようとするかのように、蝉時雨が降り注いでいるだけだった。

僕は前を向いた。そこは長い暖簾を出した口入れ屋（職業紹介所）の広い間口だった。

大正七年、夏。香月《こうづき》あさぎ、十六歳。この年、僕は人生の一大転機を迎えていた。

今ではたった一人の肉親になってしまった兄さんは、最近やっと普通に見られるようになった背広をすっきりと身につけ、年若なことを隠すように口髭をたたえている。

金策の心労で痩せてしまったが、まだ二十五歳だ。そして僕、香月あさぎは、少し長めの髪をまとめて入れた白線二本の学生帽を目深に被り、マントを羽織った一高生そのままの格好だった。

「あさぎは肌が白いし、キメも細かい。睫毛も長くて目元もすっきりと二重だ。口だって小さすぎたりしないから、御男柱《おはせ》（男根）も奥まで呑みこめる。

　髪だってクセもなく、サラサラとして、カラスの濡れ羽色だし、絶対に人好きする顔立ちなのだから、自信を持て。

　とにかく、一番高い値段でおまえを買ってもらわないと、兄弟二人して路頭に迷う生活になるんだ。腹を据えてかかるぞ」

　兄さんが僕の耳元でそう言い含める。夕べから何度となく押される念に、いささかうんざりして、うつむきながら小さくうなずく。それを確認した兄さんは少し足を引きずりながら、口入れ屋の暖簾を、勢いよくくぐった。

　声をかけると、五十代ぐらいの男が奥からいそいそと出てきた。この店の主人とおぼしき男が、座布団を差し出しながら、僕らを内へ案内する。

　兄さんは座るか座らないかのうちに口火を切った。

「金が必要なんだ。できるだけ稼ぎのいい所へ、弟のあさぎを奉公させたい。この口入れ屋で扱っている仕事の中で、一番報酬のいい所を紹介してくれ」

「一番報酬のいい所といったら、そりゃ茶屋の色子ですけど……」

そう言いながら、主人はちらりと奥の座敷のほうを見た。

「もちろん、そこでいい！　あさぎのこの顔や身体を、じっくり見てくれ。上玉だろ？　これには百五十円（約三十五万円）の価値があるぜ。

なぁ～に、このあさぎがそれくらいの金なんて、すぐに稼いで返せるようになるから」

「ちょっとちょっと！　色子ですよ。何をする仕事かわかってますか」

「もちろんだ。そのくらいの覚悟がなくては百五十円などと、ふっかけたりしないぜ」

この年、米価が急騰した。前年までは米一俵（六十キログラム）六円だったのに、いきなり八円四十銭になったのだ。

「お客さん……。悪いがそりゃできない相談だね。

月のものがあればすぐに客が取れる女と違って、色子には準備が必要なんですよ。でなきゃ穴が裂けて、使いものにならなくなっちまうんですってば。そのためにはせいぜい十歳から十二歳くらいの子でなきゃ。行儀作法やら笛太鼓などの鳴り物の稽古、そしてなによりあそこの締め方、緩め方を覚えるのに、不利なんですよ。

どう見ても弟さんは十五、六でしょう？　そのくらいの年の子が一番多く張見世《はりみせ》（遊女や色子たちが、客待ちをしている座敷）に出てますが、それまでにはいろいろ修業があるんですよ」

「あさぎはまだ十四だ！　鳴り物や行儀作法もすでに身についている！」

「その格好ってことは弟さん、一高生でしょ？　将来有望じゃないですか。だから百五十円は無理ですが、大店の商家のほうが……」

「なあ頼むよ。世界大戦で得た好景気が終わって、この不景気だ。ご多分にもれず、俺の会社も左前になって、経営が火の車になっちまった。

明日までに金を用意しないと、倒産して身ぐるみはがされちまうんだよ」

口入れ屋の主人の言葉を途中で遮り、茶屋への身売りを両手を合わせて懇願する。

幼い頃から思っていることだが、兄さんは身体は疲労困憊しているのに、舌だけは、本当によく動く。

「あさぎと一緒にあちこち駆け回って、あと百五十円なんだ。頼むから、百五十円であさぎを買い取ってくれよ。あさぎは器量も気立てもいいし働き者だ。すぐにそのくらいの金を稼いじまうぜ！」

このやりとりの様子を、奥の部屋からじっと見つめる視線があった。それに気づいたのは、少しでも僕の身体を高値で売ろうと、兄さんが額に汗して得意の弁舌をふるっている最中だった。

その強い視線を持った男が、思いたったように奥から姿を現した。四十代になったばかりぐらいだろうか。肩幅が広くて胸板の厚い身体。仕立ての良い紺絣《こんがすり》の着物を、いなせに着こなしている。そしてそのがっしりとした肩の上には、眼光の鋭い細い目と、口角がキュッと上がった大人の余裕を浮かべる口が存在していた。

「おい小僧、ちょっと、こっちに来てみな」

彼が顎をしゃくるような仕草をして、僕に声をかけてきた。

「六郎の旦那、まだうちで紹介するとは決まってないんですよ」

「心配するな。俺が気にいったらお兄さんの言い値で俺がこいつを買ってやるよ。もちろん紹介料も規定どおり二割払うさ」

「あんたたちは運がいい！　もうすぐ一番売れっ子の年季が明けるもんだから、ちょうど新しい色子を探しに来られてたんだ」

彼の言葉に色めきたった口入れ屋の主人が、すかさず耳打ちをしてきた。

「この界隈じゃ三本の指に入る大きな色子茶屋の杜若楼《かきつばたろう》の楼主、多賀六郎様だよ。あの方に気にいってもらえたら、百五十円だって今ここで即金さ」

紹介料と希望額が手に入ることを期待した口入れ屋の主人と兄の目が輝きだした。

是が非でも気にいってもらうんだぞという、あからさまな視線を背に浴びながら、僕は履物を脱ぎ、それを揃えて座敷に上がった。

　今の僕がしなくちゃいけないことは、あの人に気にいられることと、さっきまであったはずの未来をすべて、諦めることだ。

　僕は帽子を脱いで簡単に髪を整え、奥に入る。彼は、上座を指し示した。僕は小さく首を振って、一番下座の位置に正座した。

　今まで主人と昼間から酒を飲んでいたらしい。彼は長い煙管《キセル》を咥えたまま、黙って酒をついだ湯飲みをさし出す。まだ酒は飲んだことはなかった。だが、ここで断るわけにはいかない。僕は湯飲みを受けとり、左手を底に添えて、一気に飲みほそうとした。だが、途中でむせて咳きこんでしまう。腑甲斐なくて涙目になった僕に、

「飲めないのなら無理することはない。一口、口をつけりゃ仕事になる。履物の処理も上座の理解も、杯の持ち方も一応は躾《しつけ》られているらしいな。……ついてこい」

　六郎様が向かったのは、湯殿だった。

「ここを……勝手に使えるんですか？」

「心配するな。小綺麗な商品のほうがあの守銭奴に高額の手数料が入るから、いつでも使えることになってるんだよ」

僕の戸惑いにかまわず、彼はさっさと着物を脱ぎ始めた。

（まさか、ここでも……？）

身を固くしてつっ立っている僕に、

「おまえは着物のまま風呂に入るような家柄か。自分一人では着物も脱げんのか」

確かに僕の家は庄屋をしていた。だが両親が早くに亡くなり、兄が手を広げた事業の失敗で多額の借金ができた。家も土地も別荘も家具でさえ、ことごとく人手に渡り、明日の米にさえ事欠く窮状まで追いつめられていた。

今この人の心を射止めなくては、毎日、残飯をあさるような屈辱の運命が待っている。僕は思いきって袴の紐をほどき始めた。

「まずは埃を洗い流し、素顔を見せろ」

兄さんとともに金策に駆け回って、ここ三日ほど風呂にも入っていない。顔も身体も埃や泥がついたままだった。

下帯姿の六郎様が、手桶でくんだ湯を僕の頭から存分にかけ、髪をゴシゴシと洗う。サボンをたっぷりつけ、僕の全身を泡だらけにする。ふたたび存分に湯をかけると、乱暴に前髪をかき上げた。

六郎様が差しだした手鏡の中に、一高の級友たちにも褒められた色白の肌が現れた。

睫毛が縁って縁どる二重瞼の瞳と、彼の乱暴な扱いに苦しくて、半開きになった唇をおさめている顔が写っている。

「じっとしてろよ」

背後に立った彼が鏡ごしに、すかさず僕を値踏みしはじめた。直接見るのではなく、鏡ごしに確かめるように、僕の肌のあちこちを写しだす。頬、耳、首筋、鎖骨、そして刺激もしていないのに立ち上がりかけている桜色の乳首までも。

その中に写されている僕の身体の部分部分。僕はそれを、胸にさざ波が立つような気持ちで見守っていた。こんな気持ち、僕は知らない。なぜか息が速くなる。

ふいに彼が手鏡の位置をずらした。彼の鋭い瞳と鏡ごしに目が合った。その中にいた僕に、息を呑んだ。彼に身体のあちこちをじっくりと見つめられたことで、欲情したような潤んだ瞳をしていた。忘れかけていた羞恥心が突きあげ、僕は慌てて目を逸らした。

「よし、思った以上に上玉だ。口を開けろ」

いきなり首に腕を回す。抵抗したら首をへし折りそうなくらい、一度ぐいと乱暴に締める。苦しさで開いた口の中に、節ばった指を二本、ねじ込んだ。

「この指を客の御男柱《おはせ》だと思って、舌を使ってみろ。できないと半値以下に買いたたくぞ」

　僕はやり方も分からないまま、彼の指に舌を絡ませた。そのたどたどしい動きに、

「指を吸い込みながら舌を絡ませろ。頭を上下に動かして、尺八を吹くようにするんだ」

　腕を少し緩めて指示を出す。言われるまま頭を動かし、下手くそな奉仕をする。男色の経験がない者はこんなものだと知っているのか、六郎様は指を引き抜き、僕の背中を押して四つんばいにさせた。

「おまえを見せてもらうぞ。暴れるなよ」

　言うが早いか、白桃を左右に割り開く。ふいにソコが空気に触れた。

「確かに、ここはまだ未通だな。そのまま力を抜いていろよ」

　そう言い、サボンをたっぷりとまぶした指をもぐりこませようとする。

「やだあっ！　痛いっ、やめてください！」

「動くな！　ここが一番肝心なんだ！

　ふむ、痔瘻《じろう》はないようだな。締めつけ方も絶品だがもう少し力を抜け。でないと奥の機能が分からん」

「あう……、そんな奥まで、入れないでください。早く抜いてっ、苦しい………」

「おまえは野菜を買うとき、色や重さを調べずに買うのか。おまえのココがよく稼げる上等な品物なら、俺は高値でおまえを買い取る。御男柱を包みこめないような貧相な品物だったら、値段を踏み倒す。俺は不良品を掴まされて泣き寝入りはしないぞ。今はまだ狭い穴だがな、ここに御男柱を呑みこめるようになると、ほっこりと菊花の蕾が綻んだようになるんだぜ。不思議だろう」

六郎様の指の抜き差しが激しくなった。奥にある男が一番感じる個所を、内側から叩かれた。僕のものが勃ち上がる。もうすぐ頂点を迎える。もうすぐ……出ちゃうっ。腸壁の奥が、指を力一杯くいしめている。彼の指の固い節々までもが分かるくらいきつく噛みついている。

ふいに湯をかけながら指を引き抜かれた。もう少しで気をやることができたのに。勃ってしまった僕自身を手で隠しながらも、腰が前後に動いてしまう。まだ僕の身体の中は火照ったままなのだ。

「兄が十四だと言っていたが、本当はいくつだ」

白い湯気が立ちこめる湯殿の中に、低い声が響く。

「じ……十六です」

彼の尾骶《びてい》骨を刺激するような声に、熱に浮かされている状態の僕は、簡単に白状してしまう。

「その年なら、どうしたらいいのか、知ってるだろ」

羞恥心で真っ赤になり、首を振った。六郎様は僕の足首を掴んで大きく開き、

「おまえの指使いを調べるんだ。俺のほうを向いて、自分の御男柱をしごけ。

兄は百五十円必要だと言っていたな。だが、色子を売り買いするときの最低額は五円だぞ。そんな色子には毎晩五人以上の客を取らせるんだ。どうせそんな無茶をさせたら、半年で使いものにならなくなる。そうなったら簀巻きにして川に投げこむんだぞ。

おまえは……いくらで買ってやろうかな」

彼の恐ろしい言葉に僕は目を瞑り、そっと指を下肢に伸ばした。ゆるゆると指を使うと、睫毛が震え出す。燠火に風を吹きこまれたかのように、僕の中でくすぶっていた炎がすぐに熱く燃えあがってくる。

「声も聞かせろ」

耳に息を吹きかけられながら、低い声で優しく囁かれる。

「んふ……んんっ、あっ……ひあっ」

鼻にかかった甘い声がもれ出す。白い股の内側が小さく痙攣し、足の指がそり返る。

ゆっくりと頭が後ろに引かれ、小さな悲鳴とともに白濁した体液が宙を舞う。

六郎様が、そのまま後ろに倒れそうになった僕の腕を掴んだ。彼は、僕の胸についた体液を指ですくい取り、匂いをかいで、口に含んだ。

「まだ青臭えな。それに早すぎだ」

羞恥と口惜しさで真っ赤になりながらも、彼の顔を睨んだ。

六郎様はそんな僕から視線を逸らさない。苦しげに上下する胸や、体液が飛び散ったまま付着した鎖骨を撫でる。そして、

「おまえは今日から、杜若楼の吉祥だ。二年の年季、しっかり働け」

きっぱりと、僕の運命をさし示した。


うつむいたままの僕は、六郎様に肩を抱かれ、兄さんの前に戻ってきた。長い時間出てこない僕らに、やきもきしていた兄さんは、

「どうだ、うまくいったか。百五十円で買ってもらえそうか」

と、青ざめたままの僕を気づかう素振りもなく、金のことばかり口にする。

「主人、これを二百円（約四十五万円）で買うよ」

驚いた主人に、さらに、

「来月、安宅《あたか》が杜若楼から抜けたら、この吉祥を瑞鳳《ずいほう》に据える」

「いいんですかい六郎の旦那。こんな素人に、杜若楼の看板色子の瑞鳳が務まりますか」

「俺が見立てた。間違いはない。この花穴はがっぽり稼ぐぜ。

おい、おまえを『吉祥』という源氏名で二百円で買う。うち二割の四十円は紹介料としてこの主人に払う。残りの百六十円がおまえの兄の手元にゆく。いいな」

六郎様の懐から証文と百円札が二枚、出てきた。兄さんの目がますます輝きだす。

兄さんがさっさと証文に捺印すると、口入れ屋の主人が六郎様から手渡されたうちの百六十円（三十五万円）を兄さんに手渡す。

（あれが、僕の値段だ）

兄さんはその金を懐に素早くしまいこんだ。

「すげえありがてえ！　十円も高く買ってもらえるなんて。

あさぎ、よくやった！　色子生活は大変だと思うが、兄ちゃんが必ず迎えにいく！

それまでの辛抱だ。耐えてくれよ」

希望額以上の金を得ることができた兄さんの舌は、毎日油でも飲んでいるのでは……と思うくらい、スラスラとよくすべる。僕の行く末を心配して抱きしめながらも、心はすでに、借金を返済し終える喜びに浮きたっている。右足を引きずりながら足早に去って行く兄さんの後ろ姿。それを見送っている僕の肩に声がかけられた。

「帰るぞ。吉祥」

その呼び名が、この身をがんじがらめにする鎖の一本目だった。

2

杜若楼《かきつばたろう》はその界隈にある五十軒ほどの茶屋の中でも、ひときわ豪勢な総ひのき三階建ての建物だった。

江戸の昔の吉原を模して建てられているため、細い紅殻格子《べにがらこうし》の張見世《はりみせ》が、いっそう華やかに人目をひく。

店に入ると広い土間がある。その左手には客たちが指名した色子が来るのを待つ待ち部屋があった。土間の右側には、六郎様や金勘定をしている人たちが行き交う『検番《けんばん》』と呼ばれる部屋がある。その壁には八十人もの色子たちの名札がかかっている。どうやらここが、この杜若楼のすべてを仕切っている部屋らしい。

正面の大きな階段を挟んで右の部屋が、口子《くちこ》部屋と呼ばれる。七円（一万五千円）ほどで、口を使ってのみ客を取る。そんな見習い中の子供たちの部屋になっていた。階段左側にしつらえてある螺鈿部屋《らでんべや》という五十畳ほどの大部屋は、十五円〜二十円（三〜四万円）で気軽に色子遊びができる一般の色子たちの部屋がある。

ひとときの夢とともに客に買われた彼らは、検番に置いてある線香一本が燃えている間（約三十〜四十分間）客に春をひさぐ仕組みになっているという。

二階が青蘭部屋《せいらんべや》という。一晩三十円（六〜八万円）の高級色子たちが、常時十人控えている。みんなきらびやかな着物を身にまとい、肌や容色の手入れに全神経を遣っている。口子部屋の色子に朝顔の絵の団扇であおがせている者もいる。ここには、完全な階級制度ができているらしい。

「今日から一緒に働くことになった吉祥だ。

安宅、おまえのあとの瑞鳳に入る色子だ。いろいろと面倒をみてやれ」

六郎様の紹介に、勢ぞろいしていた色子たちから、ざわめきがおこる。華やかな色子たちの中でも、ひときわ周囲を圧倒する雰囲気を身にまとった長身の若者が、スッと立ち上がった。十八か、十九歳ぐらいだろうか。色子たちはみな髪は長いのに、なぜか彼だけは髪が肩にかかるあたりで切り揃えられている。艶を売る色子には珍しく切れ長な目や、引き締められた口元が強い意志を秘めている印象だ。彼の周りだけは、空気が違って見える。

この人がもうすぐ年季が明ける、ここの一番の稼ぎ頭なのか……。

「部屋は最上階だ。ついてこい」

自分に見とれる人間には慣れているのだろうか。彼は不躾なほど見つめていた僕を、少しも気にせず、奥の階段を上がってゆく。僕は慌てて小さな身の回りの手荷物を包んだ風呂敷を持ち、彼を追いかけた。

僕は、その凛とした後ろ姿に、数日前まで通うことができていた高校の、憧れの先輩の後ろ姿を重ねていた。背が高くて、まだ若いのに一つひとつの決断がちゃんと自分でできる意志の強そうな口元。少したれていた優しい目元も、胸が締めつけられるくらい大好きだった桜川俊一郎先輩に。

「おい、聞いてるのか！

瑞鳳には五つの部屋と専用の風呂がある。

見習い中は、松のふすまの奥の六畳の部屋を使うがいい。道具は六郎様がすべて揃えてくださる。厠は鶴のふすまを開けた廊下のつき当たりだ」

この広い三階すべての部屋が、彼一人のための部屋なのだ。金色のふすまに囲まれ

た豪華な部屋に圧倒されている僕に、安宅さんはテキパキと瑞鳳の部屋の説明をする。しつらえられている総桐の箪笥や鎌倉彫の鏡台などの調度品は、すべて一流の職人の手による物だろう。値段は計り知れない。

そのとき僕は理解した。彼が身につけているこの圧倒的な輝きも、借金をすべて返済できるだけ稼げるという自信と誇りに裏打ちされたものからなのだ、と。

「見習い中は、俺の所作を真似ることと、肌と穴の手入れをしろ。

それと、この瑞鳳の部屋で客を取ることになるなら、ひとつだけ忠告しておく。

一日でも客を取らなかったり、気を抜いたり、客の満足を得ることができなくなったそのときには、一晩五人の客を取らされる螺鈿の色子以下の生き地獄に堕とされるぞ。気を張って股を開けよ」

それが、この部屋で生きぬく知恵なのだろう。彼は、真摯な瞳で僕を見ながらそう言った。その切れ長な瞳で見つめられればられるほど、僕は赤くなってしまう。

「おまえ、男色の経験は？」

「ありません」

下を向いて小さな声で言う僕に、安宅さんはふすまの外に向かって、

「吉祥につく金剛《こんごう》の兄さん方は誰だい」

「雲竜《うんりゅう》と雪風《ゆきかぜ》です」

「早く客を取れるように、さっそく始めてもらうがいい。一日延びると、それだけ借金がかさむからな」

「失礼します」

音もなくふすまが開く。三十代半ばほどと思われる二人の男性がそこに控えていた。黒い着物を着た彼らは、長い髪を背中でひとつに結わえている。この格好をした男たちを、ここではたくさん見かける。

『金剛』とは、杜若楼の小間使いや用心棒をはじめ、色子たちの性戯の仕込みや身の回りの世話をすべてやる男たちのことらしい。そのほとんどは、少年時代、ここで春をひさいでいた者たちだ。

二人はきちんと正座をして、僕を見る。いかり肩のほうが雲竜、やせ形の色白のほうが雪風と名乗った。

雪風さんが持ってきた風呂敷の中身に、僕は息を呑んで彼を見た。男性の御男柱を模した張り型が五本も入っている。みんな長さや太さが違う。これらもきっと僕の借金に加算されてゆくんだ。

「い・ろ・は・に・ほ・と五段階をへて、吉祥の尻を割り広げます。まずはこの一番小さな『い』の張り型を使います」

　雲竜さんが大人の中指ほどの長さのそれに油をまぶしている。安宅さんがのぞき込み『鼈甲《べっこう》か』と尋ねる。雪風さんが肯定すると、肩から力が抜ける。

「俺は青蘭で水揚げされたから、シカの角だった。あれは痛かったが、鼈甲ならすぐ尻に馴染むだろう。

　吉祥、これを入れて広げるんだ。……どこに入れるか、分かってるな」

　安宅さんの言葉に、わずかに唇を噛んだ。

　六郎様の指の感触がまだ少し残っているのだ。でもこれが、僕が決めた仕事なんだ。意を決してうなずき着物をめくり上げ、雲竜さんから受け取った張り型を入れようとした。だがそれは油ですべって、うまくすぼまりに入ってくれない。

　何回も失敗している僕を見かねたのだろうか。雲竜さんが僕を四つんばいにした。彼は僕のすぼまりの入口に先端を慣らすように数回押しつけ、息を吐くのに合わせてヌルリと潜らせた。

　そこへ雪風さんが湯を運んできた。

「本物の御男柱はもっと太くて熱いんです。だからより本物に近づけるために、この張り型は特別製で、人肌の湯が入るようになっています」

握り口から栓を抜くと、持ってきた湯を注ぎはじめた。身のうちからジュンと沸き起こった熱に、思わずあえいで尻を絞めた。痛くはないがへんな心持ちになりそうな気がする。

雪風さんが張り型をユルユルと揺さぶると、腹の中で、チャポ、チャポ、と水音がする。それが、ひどく恥ずかしい。

彼が栓をして、張り型が落ちないように縄ふんどしで固定する。

「湯が冷めたらまた入れ替えますから言ってください。これで違和感がなくなったら、次はもう少し太くて長い『ろ』の張り型を入れます。次が『は』『に』。そうして少しずつ広げて『ほ』の張り型が入るようになったら、あなたを水揚げします」

僕は身動きするたびに、身のうちに起こるなんとも形容しがたい圧迫感と、湯がたてる音、そして『水揚げ』という彼の言葉に眉をしかめる。

雪風さんが新人にほどこす張り型の装着を確認した。雲竜さんと顔を見あわせてうなずきあう。それを見た安宅さんは、金剛と呼ばれる役職の兄さん方を階下に帰した。

二人がいなくなると彼にしては珍しく、切ない眼差しになった。

「夜になったら……納戸《なんど》にいる色子の面倒を見てくれないか。食事の世話と、あいつが眠るまでの間の話し相手だけでいい。

あいつ、胸をやられているんだが、俺が年季明けでここを出るまでの、一か月間でいい。頼む……」

「分かりました」

そのときの安宅さんのほっとした安堵の表情を見た。それは凛とした瑞鳳としての仮面が剥がれ、憧れの先輩によく似た、普通の若者の表情だった。僕の中で一生忘れられない笑みだった。

杜若楼に灯がともる。

安宅さんの華やかな衣装を身につける手伝いをし、慣れない配膳や、酒を運び、そのすきにどんぶりご飯をかきこむという、目の回るような見世開きを体験した。これから毎日これが続くのかと思うと、気が遠くなりそうだったが、明日からはしなくていいという六郎様の言葉がなによりも嬉しかった。

「これは本来、金剛たちの仕事だ。吉祥は見世に出るようになったら、こんなことよりも客をとことん遊ばせて、少しでも多くの金を使わせることに心を砕くんだぞ」

明日からは、手が荒れないように水仕事は一切禁止だとつけ加えた。

「吉祥さん、これを二階の青蘭の、初夢さんの部屋へお願いします」

五本の銚子を盆にのせ、こぼさないように配慮して運んでゆく。

芸色子たちの奏でる鳴り物の音や、沸き起こるような笑い声が、廊下までこぼれてくる。あとからあとから客が訪れ、ますます店の中が活気づく。ここだけは世間に吹き荒れている不況の風も、よけて通っているらしい。

中でも一番驚いたのは、螺鈿部屋の五十畳の大広間で、色子たちが客の相手をしている姿を目の当たりにしたときだった。

そこかしこで客と激しく交合《まぐわ》っている。いろいろな体位で、大人の男たちの肉欲の直撃をその身に受けている。そんな色子たちの姿に、言葉が出なかった。それでも上位十位以上の人気者になると、三畳の個室があてがわれ、その中で交合うらしい。

「春風《しゅんぷう》。弥勒《みろく》。次の客が待ってるぞ。瑞妓《みずき》はまだ二人しか客を取ってないだろう。モタモタさせるな。

おい、緋桜《ひおう》は昨日休んだんだ。三人終わっても今夜はあと四人、相手をさせろよ」

六郎様の低い声が、検番から聞こえてくる。螺鈿部屋の色子たちの仕事ぶりをすべて把握し、裏方で働く金剛を仕切っている。切れ者のやり手だという噂は、嘘じゃないのだということを、目の当たりにした。

来月には見世にでる僕の名も、六郎様の口から飛ぶようになるんだな。そう考えていたとき、階段の昇り口で人とぶつかり、銚子を一本倒してしまった。

「何をしてるんだい！　衣装にかかったらあんたの借金にさせるよ！」

僕と同じくらいの年の端整な顔立ちをした色子が、勢いよくそうまくしたてる。この色子は確か、この銚子を運んでいる部屋の色子だ。名前は初夢といった。初夢はその小柄な身体から、ガトリング砲のように言葉の弾丸を乱射する。

「この酒はどの部屋の酒だい」

「初夢さんの部屋の分です」

「なんだって！　この銚子一本分、僕の借金にしたってのかい！　いいかい、この杜若楼は銚子一本、皿一枚でも、みんなその本人の借金に加算されちまうんだよ！　死ぬ思いで身体を張って稼いでいるってのに、わざわざ借金を増やさせてどうしようってんだい！」

僕は彼の口撃に、一歩引いてしまった。兄さんに似てる滑らかな口を持った人間は、苦手だ。後ずさりをした僕に、初夢さんの口はますます勢いづく。

「口子の経験もないようなあんたが、この杜若楼の顔でもある『瑞鳳』を務めきれるはずがないだろう！

　泣きっ面を晒さないうちに、さっさと螺鈿部屋に堕ちな！　あの大部屋で、一晩に何本もの御男柱を搾りとるんだね！」

「こんな廊下で、見苦しいぞ初夢。銚子一本分の借金なんてせこいことを言ってるから、いつまでたっても青蘭止まりなんだよおまえは」

　階段を降りてきた安宅さんの声が、初夢さんのガトリング砲を封じてくれた。

「俺がいなくなったあとの、瑞鳳を狙っていたんだろう。だがな、客をとことん遊ばせて大金を落とさせることができない、綺麗なだけの普通の色子にこそ、瑞鳳は務まらない！

　それに吉祥が瑞鳳を継ぐことは、六郎様の意志だ。文句があるならあの守銭奴に直接言ってこい」

　安宅さんの言葉には、静かだが有無を言わせないだけの力があった。真っ赤な紅をひいた唇を噛みしめ、安宅さんを睨んでいた初夢さんは、

「この杜若楼の看板でもある瑞鳳になれば、必ず落籍《ひか》してくれるって……、身受けしてくれるって貴族院の山藤様が言ったんだ！

　瑞鳳を務めた子なら、落籍してもハクがついてるから鼻も高いって……。色子の華

なんてすごく短いんだ。だから急がないと、山藤様に捨てられちゃう！

僕は絶対に生きてここを出たいんだ！　早く山藤様と幸せになりたいんだ！」

「そんな夢みたいな言葉……、本気で信じてるのか。五年もここにいて、何度だまされたらわかるんだ」

初夢さんの言葉にまるで自分が見えない傷を受けたように、凛としていた安宅さんの声音が、ふいに、優しくなった。

初夢さんの綺麗に紅を引かれた勝ち気そうな口元が小刻みに震えている。

わかってるのだ彼は。ただ、こんな生き地獄の中でかけられた夢のような言葉に、すがっていたいだけなのだ。僕は身動きも取れないまま、盆を握りしめていた。

「それに初夢、おまえ大事なこと忘れてるだろ。瑞鳳には雪風が専属でつくんだぜ」

安宅さんの言葉に、初夢さんが呪いの言葉でも聞いたかのように顔をひきつらせた。

「確かおまえ、口子の頃に雪風に仕置きされたこと……」

「言わないで。雪風《あいつ》が専属だなんて、神経が毎日ヤスリかけられるようなこと耐えられないよ!!　僕は青蘭で幸せに落籍されてみせるに決まってるだろ!!」

初夢さんは恐怖に打ち勝とうと精一杯の言葉をぶつけてきた。

そんな彼に安宅さんはうなずき、

「さあ、おまえの今夜の客が待っているだろう。いつまでも待たせると、また怒って帰っちまうぞ。そんなことになったら六郎様を怒らせて、初夢が螺鈿部屋に堕とされるぜ。

今までたくさん我慢をして、頑張ってきた気持ちが台なしだぞ」

「だって……今夜のお客は河瀬様で、あの人の交合い（ＳＥＸ）は乱暴で、ただ痛いだけなんだ！」

「それでも半月に一度は初夢を指名してくれるご贔屓様だろ。大事にするんだ」

安宅さんの諭しに、初夢さんは諦めたように小さくうなずく。

「すっかり酒が冷めちまった。

初夢、自分で厨房に持っていって、燗をし直してもらうんだ。それを持って部屋に戻れ。いいな」

そう指示した安宅さんの優しげな顔が、スッと引きしまった。

僕もそれに気づいて振りかえった。そこには、懐手をした六郎様が立っていた。三人の一部始終を見ていたらしい。客の相手をサボっていた初夢さんの身が案じられたが、六郎様は黙ったままその場を後にする。

その広い背中を見送る安宅さんの瞳は、楼の主人に向ける眼差しではなかった。まるで必死で守るものを持った男の瞳だった。

この騒動の後で、僕は安宅さんとの約束どおり、納戸へ行った。

そのとき彼に持たされた卵に驚いた。卵はとても高価で、一般にはなかなか手に入りにくい食物だ。

「俺の借金分だから心配するな。

それよりもやつにきちんと夕食を摂らせてくれよ。少しでも滋養のあるものを食べなきゃ、治るものも治らねえ。

もしも松風《しょうふう》が食べないなんて言ったら、俺が許す。無理やり口を開けて、これを流し込んでやってもいい。

とにかく、食べさせてやってくれ」

お座敷で飲んでいた酒のせいだろうか。彼のすっきりとした切れ長の瞳が潤んでいるように見えたのは。

軟らかく煮た雑炊に漬物、そして安宅さんからの卵を持って、松風さんがいる納戸の戸を開けた。

かの人は、少し埃っぽい臭いのする納戸に寝かされていた。安宅さんと同じくらいの年頃だろう。肌の色が透きとおるように白く、雛人形のような顔立ちだ。そして病的に痩せている。軽く咳きこんでいる姿さえも、痛々しい。

「夕食を持ってきました」

「ありがとう……。そこへ置いてくれ」

咳きこんだ後だったので少しかすれているけど、元気だったらきっと、みんなに好かれるような温かい声に違いない。

彼は納戸から出ていかない僕に、問うような瞳を向ける。微熱があるのだろうか。うっとりと潤んでいて、ひどく悩ましげだ。こんな大きくて艶冶《えんや》な瞳をした人が、本当にいるんだと初めて知った。

「見かけないね。最近、ここに入ったのかい」

「吉祥って言います。今日、六郎様に買っていただいて、この杜若楼に来ました」

「今日……」

そう言ったきり、彼は固く目を閉じた。なにを言っても慰めにも励ましにもならないということを知っている、諦めにも似た透明感が彼を包む。

「あのっ、夕食を食べてください。

でないと僕は、あなたの口をこじ開けて、卵を流しこまなくてはなりません。安宅さんにきつく約束させられてきたんです。お願いします」

安宅さんの名に、松風さんの瞳が見開かれる。彼は初めて夕食の内容を見た。ふっとため息をつくと、

「こんな高いものを……。自分の借金は半年も前に返し終わってるくせに。こんなとするから……。いつまでもこの地獄から出られないんだ」

「そう思うなら、卵、食べてください」

僕が聞いた安宅さんの年季は、あと一か月あるはずなのに。借金は半年前に払い切っている？

どういう意味なんだろう。その身を縛りつけている鎖がないというのに、どうしてこんな生き地獄といわれるような場所にいつまでもいるんだろう。僕には少しもわからなかった。だが、彼がこの松風さんを、とても大切に思っていることだけは感じ取れる。彼のような人が、あんなにも切ない瞳をして頼むくらいなのだから。

ようやく松風さんは身を起こし、箸を取った。雑炊に卵をかけ、ゆっくり口に運ぶ。苦界に身を沈め、あげくに身体を悪くしていても、松風さんのそのにじみ出すような優雅な雰囲気。それだけでも察することができる。彼はそれなりの生まれであることは間違いないだろう。

だが半分も食べないうちに、箸を置いてしまう。

「あのっ、安宅さんと松風さん、そして僕のために、あと三口、食べてください」

すべてをたいらげることは、僕の目から見ても、とても困難に見えた。でも、少しでも栄養をつけてほしいと願い、思わずそんな言葉が飛び出してしまう。

「吉祥さんっていったね。部屋はどこに入るのか決まってるの？」

「瑞鳳……って六郎様が言ってました」

「……やっぱり。さすが六郎様だね。大丈夫。あなたなら務まるよ」

「本当はそんな自信ないんです。

さっきも初夢さんに泣きっ面をかかないうちに、螺鈿部屋に堕ちろって言われちゃいました」

まるで告げ口をしてしまったかのように後ろめたかったが、松風さんは仕方なさそうに少し笑うと、

「あの子は口がきついからねえ……。でも根は悪い子じゃないんだよ。

大正二年に東北地方が大飢饉になったろ。そのときの口減らしで、ここに売り飛ばされたんだ。

私が初めて見たときは、あの子が十一、二歳ぐらいだったかな。自分が売られない

と弟たちが飢え死にするからって言って、歯を食いしばってたよ。六年の年季で、確か……八十円ぐらいだったと思う。

もっとももうすぐ年季が明けても、一家は離散しているから、帰るとこなんて、どこにもないんだよ。

せいぜいどこかの金持ちにでも落籍されるか。高く売れるうちに、別の茶屋に転売されるか……。病気でももらって無縁仏にされるか。

本人もそれをよくわかってるんだ。だから焦ってあがいて……、それが言葉に出るんだよ。

わかってやってくれるよね。みんな、似たような境遇のはずだから……」

静かな言葉だけど胸に溜まった。まだ二十歳前後の青年だというのに、彼の言葉はまるで八十年も生きて、酸いも甘いも噛み分けた人の言葉のように聞こえる。

そんな彼に、僕はおそるおそる、気になっていたことを尋ねてみた。

「あの……六郎様って、怖い人ですか？」

その質問に松風さんは、あいまいな笑みを浮かべると、一言、答えてくれた。

「稼げる色子には、優しいよ」と。

打ち解けた松風さんと、その夜、いろんな話をした。

色子たちのそれぞれの性格や僕自身の身の上話を。

ふいに松風さんが手ぬぐいを厚くたたみ口元に当てた。二、三度、咳きこむ。彼の背をさすってやると、

「ごめんね。ありがとう」

そう言い、そっと横になる。

「吉祥さんには、誰か思いを寄せる人がいるの？」

ふいに尋ねられた内容にドギマギしてしまう。そんな僕を見た松風さんは、心弾ませる悪戯を思いついた子供のように笑った。

「その顔からするといるんでしょう。ここだけの内緒話だから、言ってごらんよ。……色を売るようになったら、二度とその人の話はできなくなるんだからね」

僕は松風さんから出た思いがけない言葉に、彼の小さな顔を凝視した。

「当たり前だろう。検番に『吉祥』ってあなたの名前が出るようになったら、その身は買ってくれた旦那のものなんだから。それ以外の男のことなんて御法度だよ。

今のうちだけだよ……」

僕はその言葉に促され、四か月だけ通うことができた一高の先輩のことを、熱く素

直に語りはじめた。

入学式の翌日、諸先輩方の真似をして新しい下駄を履いて意気揚々と登校したのだが、案の定、指の股がすり切れ、そのせいで変な歩き方をしてしまったらしい。当時の高校生に流行していた太くて白い鼻緒が、見事にブッツリ切れてしまった。それを手際よくすげてくれたのが、二年生の桜川俊一郎先輩だった。

背が高く頭が良くて、剣道がめっぽう強くて、そのくせ自転車には乗れなかった。少したれていた目も、黒々とした硬めの短い髪も大好きだった。何度めかの声変わりが終わって、かすれているけど、そんな声も男らしくて大好きだった。自分が正しいと思ったら、テコでも動かないような頑固そうな口も大好きだった。

先輩と並んで同じ時をすごした図書館の古書の匂いも、並んで歩いた桜並木の優しいうす紅の色も、あんみつが好きだった先輩につれていかれた甘味処のところてんの酸っぱさも店のざわめきも、全部覚えてる。

先輩の一挙手一投足。それをこんなにも鮮やかに思い出せる。思い出のすべての風景の中に、先輩がいた。

ありったけの熱い思いを言葉にしているうちに、涙が溢れだしてくる。

杜若楼で色子になったら、この先一生、先輩には会えないんだ。会っちゃいけない

んだ。否、汚れた身体で会えるわけない……。そう思った今になって初めて、自分の置かれた立場がいったいどんなものなのかが、僕の中で明白になった。

「泣くのはまだ早いよ。これから先、吉祥さんもいろんなお客に出会うだろう。でもね、大事なことはそのお客……瑞鳳では旦那って呼ぶんだけど、毎晩変わる旦那のことを愛するんだよ。

いちいち気をやっていては身が持たないから、旦那が身体をまさぐってるときには、畳の目や、天井の木目を数えていたり、他のことを考えろって言われるかもしれない。でもそれは、一晩に何人もの客を取らなければならない螺鈿の色子たちへの教えなんだよ。

瑞鳳の色子は、旦那を札束だと思っちゃいけない。大枚はたいて自分のもとへ遊びに来てくれるんだ。自分の持つ最高の肉と才覚で、旦那の身も心もとろとろに溶かせるまで、一晩中、存分にその身体でもてなすんだ。色子には色子なりの誇りを持って……ね。

もしも最初のうち、それが難しかったら、旦那を一番愛しい人だと思うことだよ。吉祥さんの場合は、旦那はみんな桜川先輩だと思えばいい。

でもこれは、絶対内緒だよ」

（松風さんは誰を思って旦那をもてなしたんですか）

聞いてみたかったけど呑み込んだ。彼はきっと言葉にはしてくれないだろうし、その相手の人の名前は、聞かなくてもわかるような気がしていたから。


明け方、仕事を終えた安宅さんが納戸を訪れた。

彼の姿を見たとたん、松風さんの潤んだ瞳が輝いた。それがはっきりわかった。

『ああ、やっぱりそうか』

とだけ思えれば十分だった僕は、黙って早々に席を立った。


「安宅はまだ納戸にこもりかい。困ったもんだ。

あいつはもうすぐここを出て行くからかまわないけど、吉祥は気をつけるんだよ。

客を取らないうちに、肺病なんかを伝染《うつ》されたら大損なんだからね。

六郎様もいくら自分が水揚げした色子だからって、いつまで肺病やみなんか置いとくつもりだろう。縁起でもない。さっさと療養所にでも放りこんで欲しいもんだ」

「六郎様が水揚げ……したんですか？」

検番でソロバンを弾いている中年の相田という男に、思わず聞き返した。この男も、ここで色子をしていた一人だ。彼は口が軽いから気をつけろと、安宅さんに注意されていた。だが、こんなときにはそのほうが好都合だ。楼主が客をさしおいて、色子を水揚げしたなんて前代未聞の醜聞を聞いてしまったのだから。

「お〜っと……これは門外不出の秘事だよ。

六郎様自身も、やろうと思ってやったんじゃないんだろうね。でも松風は、もとは伯爵様の御曹司だったから、穴の中が違ってたのかねえ。

松風の花筒の奥を調べていたときに、あの百戦錬磨のはずの六郎様が、魅入られて引きこまれて、気がついたらあの子のなかにドブッ……とね。

だからあの子が瑞鳳に君臨していたときの杜若楼は華やかだったんだぜ〜。あの守銭奴の六郎様が金品を惜しまずに松風につぎ込んでいたからね。金襴緞子なんて当たり前。今は廃止された半年に一度の色子行列を、あの子のために毎月やっちまうくらいの大騒ぎだ。全盛期には、一晩二百円（約五十万円）出しても、松風を買えなくなっていたよ。

ところが、ある旦那のせいで身体を傷つけられ、十日間も寝こんじまったのさ。

そのうえ、安宅と仲睦まじくなったもんだから、なんとあんなに目をかけていた松風を、いきなり螺鈿部屋に堕としちまったのさ」

　僕は黙って聞いた。そのことで相田の口が、まるで講談師のようにますます熱をおびてゆく。

「二百円でも買えなかった杜若楼の松風を、一晩たったの十五円（約四万円）で抱けるんだ。毎晩、大勢の客が松風を目当てに押しかけたよ。

　吉祥はまだ客を取ってないからわからないだろうが、いくら慣れている螺鈿部屋の色子でも、一晩に五～六人も相手をしたら、普通はヘトヘトになっちまう。

ところが、働けなかった十日分に加えて、六郎様の悋気《りんき》が、あんな無茶な客の取らせ方をしたんだろうなあ……。なんと一日十五人だ。信じられるかい？　この人数っ。あれはもう……「死ね」って言ってるのと同じくらいの酷さだよ。

　夜は当たり前だが、昼間でもあの五十畳のかたすみで一人、客を取らされていたんだ。案の定、七日もしないうちに、病みあがりの松風はただ御男柱に貫かれて揺さぶられる人形みたいになっちまった」

　僕は息を呑んだ。瑞鳳は一夜一人の旦那の貸し切りになる最高級の色子だ。そんな高い位にいた彼が、一日十五人の男たちに弄ばれるなんて。想像を絶する毎日だったことだろう。

「ただでさえ重労働な色子稼業なのに、あんなに寝る間もないほど飢えた客の相手をさせられたら、身体を壊すのはあたり前だよ。

一か月後、松風は大量の血を吐いちまった」

ため息混じりに語りつくした相田は、六郎様に睨まれたら、殺されちまうぜとつぶやいた。

「安宅さんはどうしてたんですか！」

六郎様の行動は確かに理不尽だと心が叫ぶ。そして松風さんをあんなにも愛しているはずの安宅さんの行動がわからないことには、納得がいかない。

「あいつは松風全盛の頃は、青蘭の一人だった。

だが、六郎様がわざとだろうな……。いきなりあいつを瑞鳳に据えたのさ。油断すると雪だるま式に増える自分の借金を、必死で稼がざるをえなくしちまったんだ。

ところが安宅はあの性格だ。自分の身体を自分で競りにかけるようになったのさ。

自分を指名する何人もの客のまえで足を開いて『この安宅をいくらで買いたいんだ？』ってな。

今も一番の高値をつけた旦那に身を任せているよ。

それまで松風を例外とすれば、五十円が相場だった瑞鳳の値段を、平均八十円にまでつり上げることに成功した。そしてその値上げしたぶん、遊び慣れている旦那たちすべてを満足させた。心付けもはずまれたが、安宅はそれらをすべて、返済に回したよ。それでも大金を出す旦那があとを絶たなかった。

そうして半年前に自分の借金をすべて返済し、みんなが見惚れるほどだった見事な黒髪を、自分の手でバッサリとぶった切って、かつ、あと半年ぶんの生活雑費も入れて杜若楼にいるんだ。

たいしたやつだよ。あんな色子はもう二度と現れないだろうね。

さてさて吉祥の時代は、この杜若楼にどんな華やぎをもたらしてくれるんだろうねえ。このソロバンの桁が足りなくなるくらい稼いでおくれよ。

どうだい、私にすこ～しその柔らかそうな口を吸わせてくれたら、日々の雑借金は一割引いて帳簿につけてやるよ」

「口を吸う暇はあるのか。昨晩の上がりの帳簿が、まだ俺のもとに来てないぞ！」

六郎様の低くドスの利いた声が、相田の饒舌な口をふさぐ。慌てふためいた彼は、そそくさとその場をあとにした。

まずい話を聞かれてしまった、と身をすくませていると、

「おまえは、さっさと穴を広げろ！」

と叱られ、僕は真っ赤なもうせんを敷かれた幅広の階段を駆け上がった。

「吉祥、この杜若楼で俺に睨まれたらどうなるのか、よ～くわかったな！

一番太い張り型が入るようになったら、すぐに教えるんだぞ。わざと長引かせてると、おまえの借金が増えるだけだからな！

一日十五人もの客を取らされて血を吐くまえに、全部綺麗に返済しろよ！」

さっきまで相田が話してた話と同じ内容の脅しが、階下から追いかけてきて、僕の心臓を掴みあげた。

「それとな吉祥。迎えに来ると言っていたおまえの兄だが、あいつは、もう迎えになど来ない。だから……待つなよ」

六郎様がこの商売を始めて二十年。何度も見てきた光景であり、聞いてきた台詞だと言った。

「毎晩、御男柱を咥えこんでいたような縁者を、迎えに来るような殊勝なやつは、今まで一人もいなかった。

助けあげてやるという約束を果たされず、さらに深く薄汚い苦界へ、泣く泣く身を沈めていった色子や、異国へ売り飛ばした色子が何人いたか、とても数えきれないんだぞ。

昨日も、弟を抱きしめて涙を流している兄がいたが……、この男もきっと色子に堕とした弟を裏切るだろうと胸焼けしそうなくらい伝わってきたぜ。

もっとも、俺自身も、瑞鳳を任せると見こんだおまえを、年季明けごときでここから出すつもりなど、毛頭ないんだ。

この杜若楼で瑞鳳を務めた者は、二度とここから出ることはできない。この杜若楼で命を終えるんだ。それが瑞鳳の運命だ」

六郎様の冷たい言葉が、ただでさえ心細くなっている僕の心をむしろうとする。

「俺は一日も早くおまえのその身体に、見えない借金の鎖を幾重にも巻きつけ、がんじがらめにして、この苦界の底へ沈めてやるつもりだからな。そのつもりでいろ。もうおまえには帰る所はないんだぞ！」

僕は黙って歯を食いしばった。

それしかできないちっぽけな僕は、赤くて広い階段の途中で立ちつくしていた。

3

その日の昼から、僕は雲竜さんと雪風さんに性戯の指導を受けるようになった。

安宅さんが年季を終えてここを出ていくまで、あと一か月。それまでに僕の身体を水揚げできるようにしなくてはならない。自然に、つめこみ式の指導になる。

検番裏に布団以外なにも置いていない八畳間がある。そこで全裸になり、二人の金剛たちの前に立った。覚悟を決めていたはずなのに、僕の身体は不安と緊張でカチカチになっている。

そんな僕を、彼らはあっさりと四つんばいにした。締められていた縄ふんどしを手際よくほどく。押しこまれたままの『い』の張り型を、ゆっくり引き抜いた。カリの部分が、僕の内臓を一緒に引きずり出される。そんな異様な感覚に僕は歯を食いしばり、ただ耐えた。

「そんなに私たちの行為が恐ろしいのですか」

雪風さんが問う。どこかに飛んでいってしまいそうな……自分が自分でなくなってしまいそうな、自己の喪失感が恐ろしかったのだ。

そんな状態の僕は、彼に静かに尋ねられても、首を振るのが精一杯だった。

「こんなに緊張していては、大切な穴を傷つけてしまいます。お願いですから、私たちに貴方の心も身体もすべてを預けてください。心がほどければ、身体も自然に開きますから」

「わからない……。どうしたらいいのかわからないよ」

やっとそれだけ伝えた。雪風さんはしばらく沈黙し、なにかを思案しているようだった。

「さすがに初日ですから、これを塗ったほうがいいかもしれませんね」

雪風さんが小さな容器を取った。トロリとした茶色の半液体の物質を指ですくう。その指から糸を引いて滴り落ちる。雪風さんはそれを僕の菊座にユルユルとまぶしはじめた。冷たさですくみ上がった僕に、

「山椒を主原料に、さまざまな薬草や漢方薬を煮つめて作った菊座開発用の薬です。少量の阿片も使った媚薬の役割もありますから、すぐに気持ちよくなるはずですよ」

ツプッ……。指が入ってきた。雪風さんの指は繊細だとばかり思っていた。意外に骨太で、それは大人の男の人の指だということを再認識させる。その指がクチュクチュと花筒の粘膜に薬を塗りこめる。僕の腹の中で、ドジョウのように蠢いている。僕はつき上がりそうになる声を、喉の奥で一生懸命噛み殺していた。

薬を塗り終わった指がゆっくり抜かれる。

雪風さんはなにかを待っているのか、僕の尻肉を掌全体で愛撫する。男の人に尻を撫で回されているというのに、彼の掌は気持ちのいいツボでも心得ているのだろうか。

緩やかなその愛撫を、気持ちいいと感じてしまった。

不意に、腰がギクッと跳ねる。内側から起こった、たまらない痒みに、愛撫されている尻をモジモジとこすり合わせる。

「どうしましたか。腰がいやらしく蠢いてますよ」

意地の悪い言葉を耳元で囁く。その言葉に背後の雪風さんを睨んだ。僕の目はきっと涙目だったことだろう。雪風さんは四つんばいだった僕を簡単にひっくり返し、仰向けにする。

骨太な指先が僕の御男柱をスウッと撫で上げる。ただそれだけの刺激で、僕は発情期の犬のようにカクンカクンと腰を振ってしまった。頃合いはよしとみたのか、

「辛そうですね。これではもう『い』の張り型では足りません。『ろ』の張り型を入れてもいいですか」

なんでもいい。なんでもいいから入れてほしかった。この花筒の奥の、猛烈な痒みを癒してくれるものを突っ込んで、思いっきりひっ掻いてほしかった。

「早くなんとかして……っ。おかしくなっちゃうっ。痒くてたまらない！

……。雪風さんっ、早くかき混ぜてえっ！　奥……僕の奥で虫が痒い液を吐きながら、大暴れしてるみたいなんだっ！」

なかば悲鳴のような叫びがあがる。隣の検番には六郎様をはじめ、多くの金剛の兄さん方がいるはずなのに。彼らにその淫らな叫びが聞こえてしまう。そんな羞恥の衣も、今の僕はすべてはぎ取られていた。

雪風さんが腰の下に枕を入れた。燃える菊座を上向きにされ、さらに膝を立てたまま足を大きく開くという、羞恥極まる体位にされた。

彼はゆっくりと『ろ』の張り型を入れてゆく。

「んんっ……くはああ……」

前後に突きながら挿入されると、やっと奥まで芯が入ったという充足感で、声がもれてしまう。その鼻にかかったような自分の甘声が恥ずかしくて、げんこつで声を抑えようと、指に歯を立てた。

「肌に傷をつけてはなりません。たとえかすり傷ひとつでも、あなたの価値を下げてしまうのです」

雪風さんがその儚げな外見からは似合わない厳しい言葉で制止して、指を抜きとる。

「はしたないと思われない程度なら、声を出してください。そのほうが旦那たちも喜びますよ。さあ」

「んんっ……やっ、ああっ……」

花筒の中で張り型が回される。身のうち深く入ったそれを抜いてほしくない。お腹の中が切なくなるような変な心地に、甘えた声が押し出される。

「いい声です。上手ですよ。こうされるとたまらないんですよね」

「んっ、うん……。すご、いよ……。初めて、どうしてこんな……っ。そこっ、当たってるっ」

「ここが吉祥のイイところです。

勃《た》ち処《どころ》といって、ここを刺激されると、どんな男性でもすぐに勃ってしまうところです。

いいですね。この感覚を覚えておいてください。ここをこうやって突かれたら花筒全体を使って、旦那の御男柱を絞り上げてよがるんです。

気持ちいいでしょう？　旦那との交合いは最初は多少困難でも、慣れてくるとこんなにイイものなんですよ。吉祥も、一日も早く、旦那に毎晩たっぷりとかわいがってもらって、いい気持ちになりたいですよね」

耳を甘噛みされながら催眠術のように雪凪さんが囁く。その声が甘美な響きをともない、脳にすべりこんでくる。もっといい気持ちになりたい。太くて長い御男柱を心ゆくまで味わいたい。僕は熱に浮かされた色情狂のように、何度も小刻みに腰を蠢かした。

「んんっ、くふっ……んあっ！」

手練な金剛たちの仕込み技によって自分がどんどん淫らな生き物へと作り替えられてゆくことを感じた。こんなにも心も花筒も切なくてたまらない。先週までの僕には想像もつかなかった。

「吉祥は素直な質《たち》だから、少量の媚薬で身体を開いてもらえるし、覚えが早いのでたいへん助かります。

さあ、次は口でご満足していただける口取りの稽古をします。まずは舌を出して」

「その前に……」

僕は次の言葉を発するのをためらい、雪風さんを見つめた。僕の御男柱が天を向いてしまっている。無意識に下肢に手を伸ばしてしまう。その手を乱暴に掴み上げられ、

「それを我慢する術《すべ》も身につけてください。

色子というのは身体を買ってくださった旦那の一夜の愛玩物になるということです。ですから旦那の許可なく気をやることは、御法度なのですよ。色子として、一番恥ずかしいことなのだとわきまえてください。

稽古を続けます。さあ、舌を出して」

身体中の血が、神経が、すべて下肢に集中してしまう。それを持てあましながらも、舌を出した。

手首からひじまでの長さがある『は』の張り型を目のまえに出された。『い』や『ろ』と違って、御男柱により近い形態をしている。少しでこぼこした表面や両傘が開いている。その形に本能的な嫌悪感にかられ、逃げようと後ろに下がろうとした。そんな僕の後頭部が押さえつけられた。驚いて振り返ると、雲竜さんの冷静な瞳が僕を見下ろしていた。

「最高級品の色子になるあなたが、この程度の御男柱で逃げ出されては困ります」

「さあ、ここに舌をあててください」

雪風さんが男の一番感じる裏側のスジを示す。

僕は彼らに舌をさまざまに駆使したり、刺激したりして、御男柱を隆ぶらせる方法を教えられた。

「実際、人の口に含まれたらどんな心地がするものか、体験させてあげましょう」

雪風さんが僕の御男柱をやんわりと呑みこんだ。

温かな口腔粘膜に包まれ、チュバチュバと淫猥な音をたて、きつく吸いあげられたり、丸めた舌が鈴口をかき開こうとするように蠢く。僕は固く目を瞑った。彼の絶品

の舌さばきがもたらす快感だけを追いかけるのが精一杯だったからだ。

雪風さんの色子生活九年、金剛になってからの性戯指導十年の卓越した舌技だ。初体験の僕など、ひとたまりもなく撃沈されてしまった。

ふいに、開いていた高窓からヒグラシの声が耳に飛びこんできた。その声が響く中、僕は荒い息をついでいた。地の底に吸いこまれるほどの脱力感と、目がくらむような快楽の余韻の海を漂っていた。

「どうでした？　私の舌は……」

「すごい、いい……。最後は、息が止まるかと思った。夢心地ってこういう気持ちなんだって実感しました」

「あなたは感じやすい。きっと旦那たちにかわいがられる身体になりますよ。だから早く舌さばきを覚え、旦那たちを夢心地へご案内できるようになりましょうね。

さあ、あと半刻（一時間）ほどで杜若楼の見世が開きますよ。いろいろ身体を使ったので少しほぐしておきましょう」

（もうそんな時間なのか）

僕の背中に腕を回して、身体を起こしてもらった。ヒグラシがより大きく聞こえてくる。射精したばかりの身体は鉛のように重い。だるくてしかたない。

「気をやった直後は身体が自由になりません。これではそのあとの旦那の要求に対応できません。そのことも計算しながら、気をやってください」

そう言いながら、雪風さんは僕の肩をもんだり、足をさすったりしてくれた。やっぱり人肌っていうものは、無条件で気持ちのいいものだった。


納戸の松風さんに夕食を運ぶのが、僕の唯一の楽しい日課になった。今日は身体が楽なのか、起きて話を聞いてくれる。そんな彼に、張り型の抜き差しのときに痛みがあったことを言うと、

「お腹で息をするんだ。ゆっくり息を吐きながら挿入すると、負担は少ないはずだよ。一番広がったところさえ入れれば、あとはお腹を膨らませるようにすると、一気に収まる。そして抜かれるときには穴を思いきり絞めると、喜ばれるよ」

私でわかる範囲でよければ、相談にのるから。そんな心強い言葉が嬉しい。そして雪風さんの口で射精してしまったときの、あんなに気持ちのいいことは生まれて二度目だと耳打ちした。

「じゃあ、初めてのときはいつ？」

「僕の家が人手に渡ることになって、高校に通える最後の日の放課後。校庭の隅で退

学することを先輩に言ったんです。

そのとき先輩が、くじけるなよって言って……接吻、してくれたんです。

そうっと、触れるだけの接吻でした。

びっくりして、心臓が止まりそうになって……。でも涙が溢れそうに嬉しかった。

ありがとうございますっ、頑張りますって言いたいのに、喉がヒクヒクして言葉になりませんでした……。

その前日、家中の物が競売にかけられました。いろんな思い出が詰まった大切な物が、目の前で次々に札束を持った見知らぬ人たちに持ち去られていきました。

そのことも内心かなり応えてたんです。そんな僕には、先輩がくれた初めての接吻が命を吹きこんでくれたみたいに感じました。だから僕は今、こうして生きていられるんです。あのままだったら、きっと窒息してた……って思います」

「初めての接吻が、気持ちよかったんだ」

「接吻のとき受けた衝撃と、含まれたまま気をやってしまったときの感覚が、同じだったんです。そのとき感じた快感は、僕が生きてるんだってことを教えてくれた。そのことが同じでした。

松風さんはどう思いますか。同じでしょうか。それとも……単に僕が淫乱、なのでしょうか」

（あなたは旦那たちにかわいがられる身体になります）

雪風さんに囁かれたときに感じた自分の性への不安も含めて尋ねた。

松風さんならきっと僕よりもそういう『通い合う心の機微』に何倍も詳しいだろう。

そう思って彼に詰め寄った。

彼はなぜか寂しそうに微笑むと、

「ごめんね……。私にはわからない。

私の初めての接吻は、十歳のときにここに買われたときで、相手は六郎様だった。

そのあとも接吻した相手はみな、この身を買ってくださった旦那たちばかりだったから。本当に心を通わせ合った人との接吻は……経験がないんだ。

もっとも、こんな病気を抱えていては、どんなに心が通い合っても接吻は……無理だろうね」

僕はなんて迂闊なことを……！

知っていたはずじゃないか！　ここにいる色子たちはそのほとんどが幼いときに六郎様に買われ、その身を削るように春をひさいでいるってことを！　旦那を取っている間は、恋しい相手の話でさえ御法度だってことも。杜若楼で一番の色子として名を馳せていたはずの松風さんが、こんな埃臭い納戸で横になっていなければならないわけもすべて！

「ごめんなさいっ、僕、自分のことだけで精一杯で。みんなの気持ちをわかってあげてって松風さんに言われてたのにっ！」

「経験はないけれど、私もきっと心が通い合った人との接吻は、生きてる実感が湧くと思うな。

　私は尋常小学校も途中までしか通えなかったから、吉祥さんの話を聞くと、まるで自分が高校生になったみたいな気がするんだ。だから先輩との話を、もっとたくさん聞かせてくれるかい。先輩って自転車に乗れなかったって言ってたね」

　さすが松風さんは、きちんと心配りができる人だ。自分を傷つけたことで負った僕の心の負担を、きちんと見抜いて、さりげない言葉で癒してくれる。

「ねえ、自転車の秘密は、私にも内緒かい」

　僕の顔をのぞきこんで、甘えるように僕の次の言葉を促す。僕は涙をこぶしで拭うと、ニッと笑顔を浮かべ、先輩とののろけ話を語りはじめた。

　桜川先輩と付き合いはじめて間もなくのことだった。

下校時に念弟の後輩をみせびらかすように自転車の後ろに乗せて、颯爽と寮に帰る上級生の勇姿に、思わず、

「いいなあ……」

とつぶやいて、先輩を上目使いで見つめたのだった。

その日、部活が遅くなるから先に帰るように言われ、寂しい気持ちを抱いたまま寮に戻った。翌日も、その翌日も先に帰された。寂しさに押し潰されそうになりながらも、剣道の大会が近いからと我慢した。

だが、五日ほどたったとき、風呂から上がってきた上級生たちに呼び止められ、

「おまえは、そんなかわいい顔して嗜虐の性癖でもあるのか。桜川のやつ、青痣だらけじゃないか。少しは加減してやれよ」

「男子の本懐のひとつとして、衆道の契りもいい。だが大会も近いんだ。剣道の稽古にもきちんと顔を出すように君からも言ってくれたまえ。確かに伝えたぞ」

桜川先輩は毎日遅くまで剣道の稽古をしているはずじゃ……。

僕は上級生の部屋への階段を一気に駆け上がった。本当は規則違反だけど、そんなものに今の僕を止める力はこれっぽっちもなかった。

先輩の部屋のたてつけが悪い開き戸をかき開いた。

先輩は万年床の上に座っていた。膏薬《こうやく》を打身の跡に貼りつける手を止め、驚いて僕を見た。

「どうして、僕に嘘をついたんですか！

僕に隠れてなにをしていて、どうしてこんなに青痣を作ったんですか！」

「自転車……」

僕と目を合わせず、バツが悪そうに口をとがらせて、小さな声で白状をはじめる。

「おまえがすごく自転車に乗りたそうだったから……。こっそり練習……してた」

僕の胸の奥で熱い塊が生まれた。それが僕を先輩にしがみつかせる衝動の原動力になる。

「だが敵はなかなか手ごわくてな。こっちはこのように手負いだらけだ。

でもいつかきっと、おまえを自転車の後ろに乗せてやるからな。約束だぞ」

「もういい……」

「どうして！　あと少しだぞ！」

「だって……同じ屋根の下にいても寮だと上級生の部屋には行けないから会えないのに……。自転車だとすぐに寮に着いちゃうじゃないか。

僕はちょっとでも長い時間、先輩と一緒にいたいのに……そのくらいわかってよ！」

先輩の腕に力がこめられる。先輩の腕の中は湯上がりの香りと、ハッカの匂いがした。とっても居心地がよかった。なによりも先輩の高鳴る鼓動が、直接、頬に感じられるのだ。世界中を探したって、こんな至福を味わえる場所なんてあるもんか。

そんな甘くて濃密な空間は、先輩の同室の人の帰還でもろくも崩れてしまった。

本来は『下級生の操を守るため』に設けられている規則なのだ。それを当の下級生が破り、上級生の部屋に乱入した。この珍事は、寮会で議題にのぼり、僕らに三日間の便所掃除のペナルティが課せられてしまった。


僕の話に、松風さんは楽しそうに笑っている。こんなふうに笑えるなんて、病気が軽くなってきた証拠だろうか……。

できたらこの笑顔のまま時が止まってほしい。そう願わずにはいられなかった。


『に』の張り型の装着がはじまった。

長さのある『は』の張り型と違い、これは子供の腕ほどの太さがあった。かなり厳しい。これを厠以外の一日中つけていなくてはならないなんて……。そんな僕の気持ちをほぐそうとするかのように、雪風さんたちが香油を使い、全裸にされた僕の手足を按摩《あんま》してくれる。確かにとても気持ちがいいのだけど、あそこに収まったものの疼痛は決して消えやしない。

「吉祥の水揚げまでに、この綺麗な身体を、どこに触れても子猫のように柔らかくて、とろけそうな身体にしますからね。

この指で御男柱を撫でられた旦那には、天にも昇る心地を味わっていただきましょう」

雪風さんはそう言いながら、指の一本一本を、それはそれは丁寧に愛撫する。雲竜さんは僕の両足の間に座って、張り型をユルユルと揺さぶって僕の穴を広げ始めた。

鼻にかかった甘声がもれ出すと、雪風さんが指を愛撫しながら、孔雀の羽根を取りだした。それで全身の肌を優しく撫でたり、つついたりする。その刺激はくすぐったくて、気持ちよすぎる。身体中が性感帯になったようだ。羽根が触れたところから、金色の粉が僕の肌の下を走りぬけるような気がする。僕は固く目を閉じた。

雪風さんが操る羽根の先が、僕の御男柱から乳首をいっきに掃きあげた。金の粉が大量に僕の身体を駆けめぐる。甘えた声を発しながらのけぞってしまった。

雲竜さんが操る張り型が、呼応するように僕の勃ち処をつついてる。『はぐっ』と叫んで、僕の身体が跳ね上がる。よすぎて苦しい。息ができない。

「息が止まりそうなほど、気持ちいいんでしょう」

雪風さんが尋ねる。僕は返事もままならず、ただ小刻みにうなずき返すのがやっとだった。

「愛撫というのは気持ちがいいものなのですよ。吉祥も旦那を取るようになったら、たくさん愛撫してさしあげましょうね」

交合いに対する罪悪感も羞恥心もぬぐい去るように、ゆっくりと囁きかけてくる。

「螺鈿《らでん》の間《ま》の色子たちを見たでしょう。

色子も客も、みんな嬉しそうに声を上げて交合ってます。みんな幸せそうです」

「安宅さんでも……？」

凛としたあの人が旦那と交合って喘ぎ声を上げている姿を、想像できなかっただけなのだ。その、ふと湧いてしまった疑問を投げかけただけなのに……。

「実際その目で見るのも勉強だな」

性戯の稽古のあとで、六郎様から直々にそう言われてしまった。安宅さんと旦那の交合いを間近で見て、客あしらいや舌さばきを覚えろ、と。

安宅さんも簡単に承諾すると、

「そういう話なら、今夜は見せて興奮しそうな旦那を俺が選んでやるよ。ただし、なにがあっても声を立てるな。動くな。吉祥は置き物になったんだと思え。なるべく俺の指や舌の動きがわかるように、よく見せてやる。こんなこと一回だけだからな。一瞬でも見逃すんじゃないぞ」

真っ赤になって小さくうなずくしかできなかった。人の交合いを間近で見るなんて。最後まで大丈夫だろうかという不安が、ゆっくりと胸の中に広がった。

今夜は一つ置き物が多いが、気にせずに遊んでいってほしいと、安宅さんが旦那の了承をもらってくれた。彼は優雅な動きで杯に酒を注ぎはじめる。

僕は部屋の隅っこで身体を固くしたまま、じっと見学することになった。

体格のいい三十代後半の旦那が、今夜の安宅さんを射止めたように見せかけ、実は安宅さん自身が選んだのだった。二人は酒を酌み交わしながら会話を弾ませている。

やがて旦那が立ち上がった。

心得ているかのように、安宅さんが旦那の着物のまえをかき分け、下帯を抜く。そこからだらりと垂れた動物の肝のような赤黒いものが現れた。

あれが、本物の大人の男の御男柱だ。

僕は固唾を呑む。その音が聞こえやしないだろうか。僕の心臓も激しく脈を刻む。しかし二人は舞台の上の役者のように、観客が立てた音に頓着せず、自分たちの世界に没頭している。

安宅さんの指が御男柱に絡みつく。さするように、もみ込むように。愛しげに愛撫する。ほどなくそれ自体が一匹の生き物のように、御男柱がゆっくりとカマクビをもたげはじめた。

安宅さんの顔が吸い寄せられるように御男柱に近付くと、とがらせた舌先で先端をつつく。旦那が声を上げる。数回、じゃれるように舌で遊んでから、舌全体を使うように根本からたっぷりと舐めあげてゆく。あれが雪風さんが言っていた理想の、ミミズが進む速さだ。

先端に到達した。大きく張り出したカリをカッポリと含んで強く吸い上げている。窪んだ頬でそれがわかる。二度三度、吸い込んだまま口を放すと、湿った音が、明るい瑞鳳の部屋に、淫靡に響く。御男柱がさっきまでとは比べ物にならないくらい長く、そして太くなって天を向いた。

安宅さんの口が開いたと思ったら、御男柱が吸いこまれるように埋没してゆく。あんな長いものを、どうやったら根本まで呑みこめるんだろう。僕は、張り型が喉に当たっただけでむせて吐き出してしまうというのに……。

頭を上下に振り立ててしごきながら、何度も何度も、安宅さんの口が長い御男柱を行き来している。

僕は雪風さんに含まれたときのことを思い出し、腰が浮いた。

（だめだよ、今は。安宅さんが僕のために自分の交合いを見せてくれてるんだからっ）

今にも暴れだしそうな下半身に一所懸命言いきかせようとする。が、安宅さんの口の動きから目を逸らせず、腰が動いてしまう。

安宅さんの頬がキュッとすぼまる。きっと思いきり吸い込んでいるんだ。それがわかったとき、僕は彼に気をやらされてしまった。

かろうじて声を出すことだけは防いだ。でも息を呑む音が聞こえてしまったらしい。御男柱を咥えこんだまま、安宅さんの強い瞳が僕を見た。目と目が合った。笑っているような潤んだ黒い瞳はとても淫らで、怖いくらい美しかった。

旦那が安宅さんの髪を掴み、嵐のように腰を使う。ダラリと赤黒かった御男柱が、血管を浮き立たせ、ゴツゴツと変形している。うごうごと口を出入りする御男柱が、いっそう容量を増して見えたのは、錯覚ではない。

激しい雄叫びとともに御男柱が乱暴に引き抜かれた。安宅さんがとっさに目を閉じ

る。その顔目がけ、大量の濁り液が噴出された。

安宅さんは頬や胸からトロリと流れ落ちるそれを、指ですくうと、口に含んだ。

「うまいか？」

彼は夢見るような表情のまま旦那を悩ましげに見上げ、ゆっくりうなずいた。

一回出しただけでは満足しない旦那は、安宅さんの腕をひいて隣室に向かう。安宅さんについてこいと瞳で促され、冷たくなった下半身を我慢しておずおずと閨房へ入り、隅に座った。

旦那は決して華奢ではない安宅さんを軽々と真っ白な敷布の上に押し倒し、胸をかき開く。その胸や首に顔を埋め、なにかを囁いている。ときおり安宅さんがうなずいたり広い背中をまさぐったりして、身体で返事をしている。

安宅さんは乱れた裾からのぞく内股にも吸いつかれ、菊座にも湿らせるように舌を使われている。しなやかに背をのけぞらせ、快感の嵐が身体中を吹き荒れていることを旦那に教える。

彼の長い足を軽々と肩に抱えあげ、二つに折りたたむと、旦那は腰を突き落とした。

安宅さんから、胸から塊を押し出されるようなうめき声がもれだす。あんな狭いところに、ふたたび勃ちあがった太い御男柱がメリメリと沈んでゆく。見るまに根本までしっかりと嵌まりこんだ。

まるでその巨きなものを、僕が嵌められたように、全身から汗が吹き出した。頭がガンガンしはじめる。

目の前には、安宅さんの上で跳ねるように腰を使っている男の尻がある。その動きに合わせて滑稽なくらいペシペシと弾む瑠璃玉までよく見える。髪の毛一筋の余裕もなく嵌め込まれた赤黒いものが、激しく出入りしている。その勢いでめくれあがる安宅さんの秘所も丸見えだ。石榴《ざくろ》色した粘膜がいっそう淫らな色に染まる。

荒々しい息づかい。安宅さんの濡れたような喘ぎ声。二人の接点から聞こえる肉をこねる湿った音……。垂れ下がったいなりずしのような瑠璃玉が、安宅さんの尻を叩く音まで聞こえてくる。

僕は何度もつばを飲んで、そのすさまじい光景に耐えようとした。けれど、彼の中へと精を極めた旦那のうめき声と、二人の接点から吹き出した濁り液を見たとたん、僕の意識は僕から一気に離脱してしまった。

おでこが冷たい……。

「刺激が強すぎたんだな。もう終わったぜ」

目を開くと、心配そうにのぞきこんでいた安宅さんの顔がフッと緩む。僕の意識の無事を確認した安宅さんは、厠《かわや》（トイレ）へ行ってくると言いおいて部屋を出ていってしまった。

安宅さんを心ゆくまで堪能して満足したのだろう。旦那は布団に寝そべって、きざみたばこを詰めた煙管《キセル》を吹かしている。

僕はどうしていたらいいのかわからずに身じろぐと、旦那が僕を見た。

「安宅のあとの瑞鳳に入るんだってな。もう誰かに水揚げをしてもらったのか？」

「まだです……」

僕は自分が置き物だということなど忘れて、答えてしまった。旦那の目が僕の全身を舐めるように見つめた。彼はいきなり猛獣のように、四つんばいでズカズカと近付いてきた。まずいと思ってあとずさった。だが僕の両手はすでに彼の大きな手に掴まれていた。安宅さんの旦那は、そのまま部屋の隅にまで追いつめた僕の顔をのぞきこみ、舌なめずりをする。

「交合いを見たくらいで気絶してたら、色子は務まらないぜ。水揚げ本番で気絶しないように、俺が教えてやるから、その口を吸わせろよ」

僕の右の人差し指を立てさせると、自分の指を淫らに絡ませる。

「舌はな、こ～んなふうに絡ませるんだぜ」

さらに指で輪を作らせると、その輪の中に、自分の指を二本くぐらせ、出し入れして、

「わかるだろ？　こうやっておまえの肉で俺の御男柱の肉をしごきたてるんだ。そうすると俺の御男柱は気持ちがよくなって、もっと……膨らむ。

こんなに……巨きくなる」

指を三本にして、出し入れをますます激しくする。背後から回した手で着物の上から菊座を押しあげ、前後にこねながら、

「な、ここをこんなふうに俺の御男柱でこねられたいだろう。正気でいられないほど気持ちよくしてやるから、口を吸わせろよっ！」

旦那の太い腕が僕の肩を掴む。強い力で引き寄せられる。酒臭い顔がヌウッと近付き、茶色の口をとがらせて僕の口を吸いにくる。

先輩がそっとくれた接吻とは全然違う。生々しい男を感じ、肘をつっぱって抗う。が、いつまで防ぎ切ることができるかわからない。

首にヌチャッと湿り気を感じた。

「やだっ！　やだやだっ、触らないで！」

菊座をまさぐっていた旦那の指が、そのまま御男柱のほうに伸びてきた。

「おまえ、俺たちの交合いを見て気をやっているじゃないか。

今さら純情ぶるなよ。取って食おうっていうんじゃない。ただ、水揚げまえのその無垢な口を吸わせてくれればいいんだよ。どうせ水揚げ後は、ここもあそこも吸いつくされるんだ。とっとと観念しろよ！」

「水揚げまえの口はべらぼうに高いって知ってるよな。二百円！（約四十万円）今すぐ検番に行って払ってこいよ！」

突然開け放たれたふすまの音と怒声が、旦那の暴挙を止める。安宅さんが帰ってきてくれた。

「まだ吸ってないんだぞ。そんな金払えるか！」

「あんたが買ったのは、この俺だ。

この杜若楼の安宅で満足できないのなら、もう二度とここへ揚がるな！」

「なんだその口のききかたはっ！

くそっ、私をいったい誰だと思ってるんだ！」

「外の肩書きは、ここではなんの価値もないんだよ。色子と客。それだけの関係だろ」

「おまえにはさんざんいい思いをさせてやってきただろう！　心付けも弾んだし、おいしいミルクも、たんまりご馳走してやったはずだ！」

「……うまいわけねえだろ」

旦那の顔から血の気が引く。

一触即発のまずい雰囲気にオロオロしている僕の前に、安宅さんが立った。旦那の怒りの矛先が向かないように、僕を隠してくれている。

「こんな無礼な色子なんか前代未聞だ！　主人にかけ合ってやる！」

「いい度胸だね。水揚げまえの色子に手を出したのが見つかって、安宅に叱られましたって言うのかい。そんなことを一言でも言ったら、検番でふんぞり返っているあの守銭奴に、高額な追加料金をふんだくられるのがオチだぜ」

「気分が悪い！」

「階段はこっちだ。

そうそう、三軒先の『緑風亭』という色子屋は、大金さえ弾めば、どんな無粋な客でもニコニコして迎え入れてくれるそうですよ。

次回からそちらの色子屋を贔屓《ひいき》になされることをお勧めします」

ピシャリとふすまを乱暴に閉めて、旦那は足音も荒く階段を下りてゆく。二、三言、

罵倒する声が下から聞こえてきた。安宅さんはそんなもの馬耳東風で聞き流す。それどころか、あごで旦那を指し示して、

「口をきいちまったんだろ……」

「すいません……」

「……おまえを一人残して厠へ行った俺にも責任はあるが、おまえも簡単に口をきいて、あいつの気を引くからいけないんだぞ」

静かに僕を諭す声が、心にしみる。

「色子なんてただの性欲処理の道具としか思ってないやつらなんてたくさんいるんだ。そんなやつらなんかに、つけこまれるんじゃないぞ。

『今夜はこの俺が、一夜だけのすげえ夢、見せてやるぜ』ってくらいの誇りと気概を持っていないと、すぐにボロボロにされちまう……。

瑞鳳に君臨している者は、杜若楼の誇りをも体現しているんだ。

屈するな。油断するな。気を配れ。そして……気張れ」

それだけ伝授すると、安宅さんは隣の部屋から残り酒を持ってきた。布団の上で手酌で呑みはじめる。
二、三杯で、いつも白い頬にほんのり赤みがさす。情事の直後だからだろうか。背

筋がゾクリとするほど壮絶な色気が、彼から発散する。ついさっきまであの旦那の腕のなかであえいでいた姿がよみがえる。

「せっかく一回だけだって見学させてくださったのに……こんなことになって、ごめんなさい」

「吉祥はなにを悠長なことを言ってるんだ。明日も来い」

片方の膝を立てたまま前髪をかきあげ、言葉にできないほどの艶がある流し目で僕を見て、そう言った。

「人の交合いを見たぐらいで気を失ってたんじゃ、色子として使いものにならねえだろ。そんなやつに、この瑞鳳を任せなきゃならないなんて、心配でたまらねえんだよ。あと半月以内で、俺の技を盗め」

「ありがとうございます。

あの……どこの厠へ行ってたんですか。瑞鳳専用が廊下のつき当たりにあるのに」

安宅さんはすぐに戻ってくると思ってた。旦那に迫られ、とても心細かったのだ。聞かずにはいられない。

「旦那が俺の中に出したものを、吐き出しに行ったんだぜ。つき当たりの厠なんか使えるわけないだろう。口もすすぎたかったしな」

「安宅さんには、もう借金はないって聞きました。なのに、どうしてまだ杜若楼にいるんですか」

安宅さんの潤んだ瞳が僕を睨む。聞いてはいけないことだったのだろうか。

「俺が淫乱だとでも言いたいのか。男なしではいられない尻軽だと思うのか」

「いいえっ、そんなこと言ってません」

「早く俺に出ていってほしい。この瑞鳳を早く欲しい。そうなのか」

安宅さんの目が据わる。怒ってる。僕は少し後ろに下がる。

「こんな所、いつまでもいたいやつなんかいるもんか！」

「なら、どうして……」

安宅さんは大きく息を吐き、杯をあおる。

「吉祥には関係ないだろ。俺があの守銭奴と契約を交わしたんだ。……頼むからこのことはそれ以上聞くな」

らしくなく、弱々しげに言う。こんな彼の姿は初めてだ。杯の底を見せる回数と勢いが増す。

「本当に……アレは、まずいんですか？」

安宅さんの杯が止まり、マジマジと僕を見つめる。

「味わうな、あんなもの……。いいか。口の中に吐かれたら舌の上にのせないで、一気に喉奥まで流しこむんだぞ。目に入れれば痛いし、鼻から息を吐くと臭いし、舌の上にのせるとまずいし、入れたままだと痔を患う。そのくせ、ほとんどの客は中に出したがる。

あんなに始末の悪いものはない」

「味わってるのかと思った……」

「ああすると喜ぶ客が多いからやるだけだ。

俺たちは、客を喜ばせ、満足させて一流だ。そのためには、多少は芝居もするさ。……なあ、吉祥。今から俺が話すことは、酔っ払いのたわごとだからな。おひさまが昇ったら忘れるんだぞ」

そう前置きした彼の表情が、一流の色子から一人の青年に戻る。

「あと半月で俺も松風も年季が明ける。そしたら、まずあいつをサナトリウムに入れて病気を治してやるんだ。そして俺は役者になるのさ」

思いがけない言葉に、今度は僕が安宅さんの顔を見つめる。気恥ずかしげに口をとがらせ『いいな、絶対忘れるんだぞ』と言う。たぶん、これが本当の安宅さんの顔だろう。

「僕はまだ気絶したままなんです。これは夢の中だから、起きたら覚えてません」

その言葉にふっと嬉しそうに笑うと、生まれて初めて夢を語る少年の瞳になる。

「俺はさ、郭《くるわ》（遊廓街）生まれの郭育ちだったたんだ。

母親は花街で花魁《おいらん》をしてた。だからもちろん俺の親父が誰だか、お袋でもわからねえ。俺だってそんなお袋の姿なんか、お座敷に向かうまえに上《あが》り框《かまち》で切り火をきられてるときの真っ白なうなじと、甘ったるい白粉《おしろい》の匂いしか覚えてねえや。

でも母親であるまえに花魁だったよ、あの女は。

『こんなに重荷になるなんて……。どうして産んじまったんだろうね。

女の子だったら遊廓街《ここ》で働けるのに……。男の子じゃ役立たずだからねえ。

この若葉姐さん、一生の不覚だったよ』

飯を食いながら、いつもそうグチってた。

俺が十歳のとき、当時、お袋の一番の贔屓客が俺に付け文（恋文）を渡したのさ。

それを知ったお袋は怒って息子の俺を二束三文でこの杜若楼に叩き売った……。

俺、……三十円（十五万）だったんだぜ。

だから俺は、生まれてからずうっと十九年間、男女郭の籠の鳥生活……。

でも、あと半月で、生まれて初めての『自由』を手に入れることができるんだ。

すっげえ広いんだろうなあ、外の世界は。

俺、思いっきり働いて金を稼いで、小さい家を建てるんだ。松風と一緒に住める家を。あいつも苦労ばっかりしてきたから、もうこのへんで楽をしても罰は当たらないぜ。吉祥もそう思うだろ？」

うなずく僕に嬉しそうに、

「だろ？　あと半月だ。早くこねえかなあ……。あと半月。半月で……自由だあ」

夢見るようにつぶやきながら、安宅さんは眠りに落ちた。握ったままの杯をそっと取り、布団をかけてやる。疲れてぐっすりと眠り込んだ彼の寝顔は、まるで正月でも待ちこがれている子供のように幸せそうだった。

その寝顔は僕の心も温かくしてくれた。

松風さんの容態が急変したのはその三日後だった。

あれから毎晩、安宅さんの客あしらいを学ぶため、夜間、松風さんを一人ぼっちにしてたせいだ。深夜に大喀血《かっけつ》をしたのだ。しかし、その刻限は杜若楼の一番忙しいかきいれどきで、発見が遅れてしまった。

僕が知らせを聞いて駆けつけたときには、松風さんは血の気のない真っ白な顔で、ゼイゼイと苦しそうな息をしていた。納戸の隅には、鮮血に染まった敷布が丸めておいてある。彼に伸ばした僕の手は、思い掛けないほどの力で払いのけられてしまった。

「吉祥がどうしてここにいるんだ！　今はまだ安宅が吉祥のために、交合いを見せているだろう！

あの自尊心の固まりのような安宅が……そこまでやってるのに、なぜ途中で出てきたんだっ吉祥！」

「旦那が、もう身繕いをはじめてるから……安宅さんももうすぐここへ……」

優しくて穏やかなはずの彼の豹変に、しどろもどろになる。

「大切な仕事を途中で放棄するような吉祥なんて、大嫌いだっ！　二度と顔なんか見たくない。二度とここへ来るな！」

そう叫ぶと背中を向けてしまった。小刻みに震える背中や肩が、ひどく痩せてとがっている。痛々しくて触れられない。

「いつまでそこに居座る気だ！　おまえなんか大嫌いなんだからな。さっさと出ていけ！　馬鹿野郎！」

涙が出そうなくらい不自然な、使い慣れていない、悪罵……だった。

自らが吐いた喀血量に、きっと自分でもひどく驚いたに違いない。自分の命の期限をはっきりと見せられたんだ。

もうすぐ安宅さんとともに、こんな所から出られるというのに。悔しくて悔しくて……どうしようもないんだろう。それでも自分の病をあらためて自覚し、伝染さないように僕をここから叩き出そうとしている。僕には松風さんの気持ちは痛いほどわかってる。今、僕がするべきことは……自分のことを、きちんとこなして早く一人前になって、松風さんを安心させることだ。

血がついた敷布を持って、部屋を出る。入口でふと、立ちどまった。

「僕は松風さんが、大好きです」

そう告げた。

「いつかあなたがしてくれましたね。

今度は僕に、あなたの心の負担を少しだけ分けてください」

息を詰めたままの彼が、頭まで布団を被る音がする。なにも言ってくれない。そんな彼の頑なさに途方に暮れ、僕は仕方なく納戸を後にした。

廊下には唇を引き結んだままの安宅さんがいた。顔色は松風さんに負けないくらい蒼白だった。

僕より頭ひとつぶん高い彼の胸の中に飛びこむと、松風さんには聞こえないように声を押し殺して、涙をむしり食べた。安宅さんが黙って髪を撫でてくれた。その優しさで逆にえぐられるように切なさが増した。全身から涙が溢れ出してくる。

でも、僕を抱きしめてくれているこの優しい腕は、僕のためにあるんじゃない。本当に抱きしめてあげなくちゃいけない人のために、僕が知っていることを、きちんと伝えなきゃ……。時間がない。

「松風さんは、愛しい人と、一度も接吻をしたことがないって言ってました。それにこんな病気を持っていたら、どんなに愛しい人とだって、愛しいからこそ、接吻はできないって……。

でもっ、でもっ……」

胸が詰まって次の言葉が出てこない。震えだす唇がこんなにももどかしい。それでも一所懸命で言葉を紡ごうとする。安宅さんはうなずいてくれた。

納戸に入った彼が駆けよった足音と、彼の名を叫ぶ声を聞いて、僕は戸を閉めた。

「吉祥、それは焼き捨てますから、渡してください」

雪風さんに腕の中にあった敷布を取りあげられ、僕は我に返る。松風さんのために医者を呼んでもらわないと！　僕は六郎様のもとに走った。

「あいつはもう長くないだろう。そんなやつのために無駄な金を使うことは、愚か者のすることだ」

「でも、まだ生きてます！　敷布が真っ赤になるくらい血を吐いたんです！　早く医者を呼んであげてください。

六郎様は昔、松風さんのことをとっても大切にしていたって聞きました。本当はとっても心配で仕方ないんでしょ」

ガツッと厳しい音をたてて、六郎様の煙管が煙草盆に叩きつけられた。

「一銭も稼げないようなやつを、お情けで置いてやってるんだ！　このうえ医者だと？　治る見こみもない穀潰しにかける金はない！

おまえもここに来て、まだ一銭も稼いでいないくせに人の世話をやくなど……。一人前の口をきくな！」

「稼がせてください！　松風さんのために、僕に稼がせてください！」

思わず飛び出した言葉に、六郎様の細い目が僕を睨む。

「雪風を呼べ」

隣にいた金剛に言いつける。

振り向いた六郎様が、いきなり僕の股間をきつく握り締めた。痛くて前かがみになる僕に、

「張り型はなにまでいった？」

「『に』……を入れています」

「『ほ』が入らんうちは、勃起した御男柱なんか呑みこめねえんだぞ」

「雪風、まいりました」

「吉祥が水揚げしてくれと願い出ている。どうだ。もう咥えこめそうか？」

「いえ、安宅の年季明けをめどにしておりますので、まだ『ほ』を身の内に納めていません。無理だと思います」

「できます！　水揚げをお願いします！」

やかましいというかのように、六郎様の太い指が僕をねじる。

着物の裾をかき開き、股間の奥に手を侵入させた。僕の奥に入れてある張り型の握りを掴み、それを前後左右に揺さぶる。

「痛いですっ、乱暴はしないでください」

「力を抜け！　おまえが水揚げできるかどうか、俺が判断してやる！」

そんなにグリグリしたら、腸壁が破けてしまう……。恐怖で声を押し殺している僕に頓着せず、さらに奥をえぐり回す。

「これだけ動かせるなら、柳藤の親父の御男柱なら納めることができるだろう。

吉祥、望みどおり、今夜おまえの水揚げをする。そのかわり失敗は許さんぞ」

六郎様がすっくと立ち上がった。二発、高らかに手を打つと、

「今宵、瑞鳳に上がる吉祥の水揚げをお願いしたいと柳藤氏に伝えろ。新聞社にも連絡を取れ。離れの座敷の準備もしろ！」

事が決まると、いきなり忙しくなった。

普通の色子なら、こんなことにはならない。だが、瑞鳳へ入る色子の水揚げは、花魁の水揚げ級の大騒動になる。

畳もすべて新しく変えられた。白塗りの離れの座敷部屋には、い草の香りがたちこめる。六郎様があらかじめ注文しておいた漆塗りの調度品が次々に運びこまれる。目もくらむような着物が何十枚も衣桁《いこう》にかけられてゆく。

金剛総出で行われた準備は、昼過ぎにはすべて整い、僕は検番へ呼び出された。

そこで今回かかった費用を知らされた。これが全部これから僕の身体で返してゆく金額だと提示されたのは、約四千五百円（約一千万）だった。

がっくり頭をたれてしまった僕に、

「これに最初に買われたときの二百円と、約一月分の生活雑費を加えると、おおっ、四千八百円だ。

こりゃ気張らないと、利子が利子を生んで莫大な借金になっちまうよ」

勘定方の相田が追い討ちをかけるように、ソロバンを弾きながら、算出した結果を口にする。彼のその楽しそうな様子に、少しだけ胸が苦くなる。

早く松風さんをいい医者に診察してもらって、元気になってもらうんだ。そう思うと、萎えそうな気力が復活してくる。

僕はまっすぐ顔を上げた。

「全額すべて、僕の身体を張って、綺麗に返しきってみせます！」

今宵、ついに儀式を受けることになった。

僕は身震いするような興奮の中、覚悟を決めた。

4

夏の終わりのけだるい夕暮れどき、腰湯を使い、身体を清めて金剛の前に立った。

「もう少し広げたほうが、身体のためには負担が少ないのですが……」

雪風さんはそう言って、さっきまで心配してくれていた。この世界に足を踏み入れ遅かれ早かれ、経験しなくてはならないことなのだからと言うと、もうなにも言わずに身支度をしてくれている。

　久しぶりに絹の肌ざわりを味わう。これからの僕の厳しい運命を、今だけ優しく包みこむように、しっとりと肌にまといつく。

　源氏名にちなんだ松竹梅の吉祥模様。これほど豪華な着物は、生まれて初めて身につけた。なのに、雲竜さんが濃紫の帯を締めてくれている間、僕の瞳はなにも映していなかった。ただ鏡の中に写っている真っ赤な紅をひかれた唇だけを、じっと見ていたような気がする。

　目の前に写っているこの人間は僕じゃない。この人は『吉祥』なのだ。その紅い唇がそう言っているような気がした。

「吉祥の支度が整いました」

　雪風さんが検番にいる六郎様に知らせる。

　検番には六郎様のほか、金剛の兄さん方全員と青蘭以上の色子がみな、勢揃いしていた。

　僕は六郎様の前に進み出て、静かに頭を下げ、

「六郎様、金剛の兄さん方、今宵の水揚げのお心配りありがとうございます。

　これからこの吉祥は、身も心もこの杜若楼に捧げるつもりで精進いたしますので、

末永く、よしなにお引き回しくださいませ」

自分ではないような声が挨拶をする。

「旦那に、魂の底まで愛しく思われろ」

六郎様が香木の入った御守り袋を、頭からかけてくださった。

「吉祥、参ります」

立ち上がると、杜若楼中の灯りが消えた。

不意に目の前で裸電球に光が灯された。その強い光のため、一時的に視力が著しく落ちる。暗闇の中、雲竜さんが持った提灯《ちょうちん》が先導するゆらめく光だけが、頼りだ。

雪風さんの肩に手を置き、非日常的な暗くぼんやりとした廊下を『吉祥』が歩き始める。

いつも歩いていた廊下のはずなのに、このまま奈落まで続いてゆきそうな気がする。

その両側には、次代瑞鳳に君臨する吉祥の水揚げの噂を聞いて集まった客たちが、ひしめきあっている。そのざわめきとため息の中、今宵、本物の『吉祥』になる僕は、ぼんやりとうす暗い前を見すえ、胸を張り、ゆっくりと歩みを進めた。

『色子には土を踏ませない』杜若楼にはこの厳しいしきたりがある。吉祥は離れの部屋へたくましい雲竜さんに大切に抱き抱えられ、進んでいく。

ようやく視力が回復してきた頃、離れの座敷にたどり着いた。沈香《じんこう》がくゆり、鼻孔を心地よくくすぐる。

初めて足を踏みいれたその部屋を見回した。壁はすべて白く綺麗に塗り替えられていて、青い畳は塵一つなく掃き清められている。落ち着いた雰囲気の木目《もくめ》の調度品が品よく並べられている。

そこには、吉祥の初めての旦那になる、柳藤様が待っていた。五十半ばだというが肌も色つやがいい。彼は、大黒様のような笑みを浮かべ、手招きする。

吉祥が入室した。そこまで同行してきた六郎様と安宅さん、雲竜さん、そして二人の新聞記者を隣室に残し、雪風さんが音もなくふすまを閉めた。

灯火が入っていない薄暗い最奥の部屋に、すでに一組の布団が敷かれているのが目に入った。吉祥が締めている帯と同じ、濃紫色の絹の敷布がかけられた厚い布団が。

(あそこで……する、んだ)

そんな思いに耽っている暇はなかった。

まずは用意されていた杯で、互いに一献を交わし合うのが習《なら》わしだ。芳醇な香りを含んだ液体が、喉の奥へとすべり落ちていった。

二杯目の酒を注ごうとしていた吉祥の手を、ふいに柳藤様が握った。吉祥のその手はかじかんでいる。

「緊張しているのかね？　かわいそうに。夏の終わりだというのに、子猫のように柔らかな手が、こんなに冷たいじゃないか」

吉祥のその手は男の保護本能を刺激するために、先程まで氷水に浸けられていた。その冷えきった吉祥の手を柳藤様は両手でもんで、温めてくださる。太い指から優しさが伝わってくる。その優しさにほっと息をついた。

が、急に血行が良くなった指先は、今度は別の効果を発揮しはじめる。もじもじしはじめた吉祥を、柳藤様が興味深げにのぞき込む。

「指先がジンジンして……痒い」

「吉祥はなんて初々しい瑞鳳様だろう。いますぐ私がその辛い疼きを癒してあげよう」

柳藤様が吉祥の薬指を口に含むと、指先をコリッと甘く噛む。その刺激がジン…と身体中に波及した。たまらずに身をすくませる吉祥の様子に、柳藤様はさらに他の指も深く含んで、舌をはわせる。温かく柔らかなその感触に、思わず油薬を施してある奥花がギュッと収縮する。その身体の反応が『吉祥』になっていたはずの『僕』を戸惑わせる。

「……そのようなこと……いけません」

「なにがいけないと言うのだ。

食べてしまいたいほどに吉祥がかわいらしいのがいけないことなのかね」

「あのっ……、そのようなことをされては、吉祥はいけない色子になってしまいそうなのです」

「いけない色子か。では、いけない色子の吉祥には御仕置きをしてやろう」

柳藤様が背後に回り、あぐらをかいた膝の上に吉祥を横抱きにかかえあげた。着物の脇の『身八つ口』から手を忍びこませ、左の胸元をゆるゆるとまさぐり始める。侵入した腕を引き抜こうとすると、

「これはいけない色子の吉祥への御仕置きなのです。耐えなさい。私の指にすべての神経を集中して、しだいに乱れて美しくなる吉祥を私にじっくりと見せるのです」

きっちりと着込んでいたはずの着物は、柳藤様の悪戯な手と、吉祥の身悶えで、しだいに淫らに着崩れてゆく。

手酌で杯を干しながら、ときおり吉祥の口にも杯を持ってくる。息を弾ませている

ため、杯の中身の半分は、あごから喉へ伝い、はだけられた胸元に滴ってしまう。

指先で挟んだ小さな突起を引っ張ったり、こねくられたりされると、それはツンとがって、より敏感になる。

その突起を太い親指で押し潰された。あっと声がもれ、足が畳をけり、着物の裾をより乱す。その乱れた裾から柳藤様の右手が侵入した。腿まではい上がると、内腿を、もむように愛撫しはじめる。

もっと上の、吉祥の仕込まれた奥花をまさぐってほしくて腰が揺れてしまう。なのに柳藤様はそこには少しも手を触れてくださらない。なんども唾を飲んで、もどかしい思いに耐える。潤んでいる瞳の中に映る柳藤様の顔は、大黒様の笑みを浮かべたままだ。

「雪風、おまえが調合して一の杯《さかずき》に入れておいたあの媚薬。思った以上によく効くぞ。見なさい。吉祥は水揚げの恐怖も消し飛んでいるじゃないか」

「媚薬は少量でございます。吉祥が溺れているのは薬ではありません。柳藤様の巧みな愛撫です。柳藤様に水揚げされ、満足していただいてこそ、この吉祥も杜若楼も、より繁栄してゆくのです」

「雪風《おまえ》が仕込んだ身体なら間違いはない。

では、とっくりと賞味させていただこう」

柳藤様と、今夜の介添《かいぞ》え役の雪風さんとの会話が、遠くで聞こえる。自分でも不思議なくらい乱れてしまうのは、そういうことだったのか……とだけ思った。吉祥は交合うこと以外、なんの感慨も浮かばないようにされてしまっているんだ。

力が入らなくなった身体は、二人に支えられて隣室に入った。いつの間にか枕元の雪洞《ぼんぼり》が灯っている。

吉祥は身体が埋まってしまうほど綿が詰まった二枚重ねの濃紫の布団に、そっと横たえられた。吉祥の右側に座った柳藤様の手で胸元をかき広げられる。

「吉祥の茱萸《ぐみ》は、まだ淡い桜色だね。

これから毎晩たくさんの旦那に愛されて、来年の今頃には、どんな色に染まっているんだろうねえ……」

「んんっ……、くふっ、ああ」

ツンと上向いた突起を押し潰し、こねるように回される。身体がのけぞり、押し殺そうとしても抑え切れない声がもれ出す。柳藤様がそれに促されるように裾を大きく広げ、

「そしてこちらの小さな蕾も、すぐに大輪の花を咲き誇るんだ」

さっき刺激されずに焦らされたままだった奥花に、太くて熱っぽい指をあてがわれた。反射的に足が閉じる。だがそれは柳藤様の手を挟みこんだにすぎない。モゾモゾと不自由な動きで奥花をほぐしだす。その動きがもどかしい。そんな不思議な心地に吉祥は、頭をあげて下肢を見た。油薬をほどこしてあった秘め処《どころ》に指が潜ろうとしている。

ぴったりと閉じている足の間にもぐりこんだ左手首が蠢く。数日前に見た、安宅さんの菊座を掘りしゃくっていた男の腰のように、淫猥に上下している。

そして、（違う……）と感じた。

戸惑って、通常の三倍もまばたきをして柳藤様を見つめた。

「いつも中をほぐしてくれていた雪風の指と、感じが違うのだろう。どうだね、私の中指は。雪風より太いかね。もうすぐもっともっと熱くて太いモノで、吉祥のここを水揚げしてやるぞ」

雪風さんが固く閉ざしていた吉祥の膝を立たせ、脚を開かせた。羞恥で全身の血が沸騰する。吉祥は両腕を赤ん坊のように脇で折りたたんだまま、硬直していた。

太い指がなにかを探すように、吉祥の一本道をこする。雪風さんがなにかを耳打ちすると、太い指がグンと奥まで侵入してきた。それがいきなり折れ曲がり、一点を突かれたとき、雷を受けたように腰が跳ねあがった。

「ほほう……、これは確かに掘り出し物だな。

まったく六郎様はどうしてこんな色子を探し出してくるのだろうねえ。このような身体を持つ子の相《そう》がわかるのかと思うくらい目利きの楼主だよ」

「あうう……んんっ、んっ……はぐん」

いつか雪風さんが教えてくれた勃《た》ち処だ。吉祥の意志を無視して跳ねる腰をどうしたらいいのかわからず、胸をまさぐっていた柳藤様の左腕を掴むと、必死で握り締めた。

柳藤様の指がそこをひっかくたびに、吉祥が彼の腕をよじ登る。それを離したら深淵に堕ちてしまいそうで、命がけで掴まっている。なのに柳藤様は揺さぶって、ふり落とそうとする。旦那よりも先に気をやってしまったら、瑞鳳の色子は失格だろうか。松風さん安宅さんが必死で守ってきたものを、壊してしまうのだろうか。

「やあっ……怖い怖い。堕ちちゃうから、そんな意地悪しないで、助けてくださいっ！」

背をのけぞらせ、腰を浮かせたすさまじい痴態をさらして助けを乞う。

柳藤様は腕を掴んでいる吉祥を、そのまま圧倒的な力で引き上げると、腕の中へと包み込む。そのまま骨が砕けてしまいそうなくらい固く抱きしめた。

「私の腕の中だ。少しも怖くないから。さあ、飛び降りてしまいなさい！」

勃ち処を彼の指で強く押さえられたまま、ソコを擦られる。吉祥の鈴口が開く。頭の中が何度も爆発を起こす。かん高い悲鳴とともに、吉祥は精液を放出させられた。快感の波間を漂いながらも、先に気をやってしまった羞恥で顔を覆ってしまいたくなる。雪風さんの視線が痛い。

肩で大きく息をついでいる吉祥はそのまま漂っていることは許されなかった。柳藤様が着物のまえを開いて一物を取り出す。それは安宅さんの中に挿入し、蠢いていたモノと同じくらい勢いよく飛び出した。

吉祥の膝裏に手をかけて大きく広げ、折りたたむ。雪風さんが腰枕をあてがうと、柳藤様はなにもかも晒している吉祥の奥蕾に、熱い肉槍の照準を定めた。

ついに、本物が……、きたっ！

「あああっ……！」

『僕』は我を忘れて、絶叫してしまった。

あんなに張り型で練習したのに……。一生懸命で呼吸法も習ったのに。熱いオスの肉で、肉と心を引き裂かれる重い苦痛。それは、僕の想像をはるかに絶していた。

あまりの激痛に、僕は色子としての慎みも吹っとび、腕をつっぱって柳藤様の胸を押し返そうとした。その行為は許されるはずがない。介添えの雪風さんに手首を掴まれ、左右に広げた格好で布団に押しつけられる。わずかだが腕がひねられ、上体を動かすことができなくされた。

もう逃げられない。僕は磔のまま下肢を串刺しにされた。熱い御男柱がさらに奥を狙って、グイグイと侵入してくる。僕は涙でグシャグシャになりながら、唯一、自由になる首を振り、叶うはずもない行為の中断を願った。

「きついぞ。媚薬が切れてしまったかもしれん」

柳藤様の言葉に、雪風さんが媚薬酒を口に含む。

自由が戻った片手で抵抗を試みるが、なんの効果もなく、二度三度と、口移しで薬酒が注ぎこまれた。

「吉祥、すぐに気持ちよくなります。我慢して力を抜くんです。腹で息をしなさい」

耳元で語る雪風さんの声が、松風さんの声で聞こえてくる。

(思い出した。早く松風さんを医者に診せるんだ！)

そう決心した強い気持ちを思い出す。

（辛かったら、旦那を一番愛しい人だと思うことだよ。吉祥さんの場合は、旦那を先輩だと思えばいい）

最初に出会ったとき、彼が教えてくれたことを思い出す。

今、その太い楔で僕の肉を引き裂くように突き進んでくるのは、『先輩』なのだと……。愛しい者がくれる痛みなら、耐えることができるのだと。

僕は固く目を閉じ、灼熱の肉槍を先輩のものだと錯覚するんだと自分に言い聞かせる。先輩の一番太い部分が僕の一番狭い箇所を通り抜けると、あとは、ズズ…ン、という感じで僕の中に納まった。

「よく頑張りました。見事に六寸の御男柱が、すべて納まりました。

さあ吉祥、旦那に水揚げしていただいたお礼を申し上げるのです」

「あえがと……ざい、ます」

「もっとしっかりと」

「この身を……水揚げをしていただき、ありがとうございます……。これから、も、吉祥をかわいがってくださいい、ませ」

御男柱が僕の中でさらに大きく膨らんだ。今、桜川先輩が、こんなにいっぱい熱く僕を満たしてくれているんだ。そう思うと、吉祥の肉が先輩に絡みつこうとして蠢きだす。

　吉祥の一本道の中で、先輩の御男柱がズキッ、ズキッと脈打っているのがわかる。張り型ではない。本物の御男柱が、こんなに奥まで入っているのだと主張している。

「ああ、ん……くうううっ」

　ズン、ズンと突き上げられると、胃の裏まで響いて、吉祥の甘えた切ない声がつき上がる。

「優しくして……ください」

『桜川先輩……』と、最後の言葉だけは、心の中で哀願する。声に出せたらどんなに幸せだろう。

　先輩自身にも旦那に対しても、けっして許されないってわかってる。けど、苦痛を忘れるためだから、今だけは許してください。

　吉祥の一本道を、御男柱がゆっくりゆっくり確かめるように行き来する。小刻みに動いていたかと思うと、不意にリズムを狂わせて奥底まで突き進んでくる。勃ち処を突かれたり擦られたりすると、全身の血が一瞬そこに凝縮し、また散ってゆく。

　身体が桜川先輩に思うまま揺さぶられ、僕が吉祥になってゆく。

　先輩……、先輩……、先輩ッ！

言葉がもれてしまうのでは、という恐怖が背筋を貫く。吉祥は必死で接吻を求めて、舌をだした。

ぴったりと口を塞いで、あさぎの思いを呑みこんでほしかった。いけない言葉を生みだしてしまいそうなこの舌を、しびれるまで吸ってほしかった。それが叶わないのなら、いっそこのまま……突き殺してほしい。

僕の危険な言葉は、おりてきた唇でかろうじて封じられた。舌が抜けてしまいそうなほど吸い出される。先輩との初めての接吻とは全然違う濃厚さに、僕の頭の芯がジン…と痺れてきた。

「んーっ、あぐっ、んぐっ……んんっ」

上下の口から聞こえる湿った音が、より吉祥を淫らな気持ちにさせる。塞がれた口をもぎ離し叫んだ。

「もう……もう限界ですっ。お願い、吉祥を法悦《ほうえつ》の淵に沈めてくださいっ！」

「私の御男柱がつれてゆく法悦の淵は深いぞ。それでもいいか？　怖くないか！」

「はいっ、吉祥を頭からまっさかさまに突き落としてください！」

腰が痣になりそうなくらいきつく掴まれ、律動がより大きく、激しくなってゆく。先輩の御男柱を中心にした腰のうねりが一段と強くなる。吉祥の悲鳴や、すすり泣きも、大きく耳を打つ。

「吉祥、おまえが望む法悦の淵は見えたか！」

「もうすぐ……もうすぐっ」

　高熱に浮かされたうわ言のように叫ぶ。ダメだ…二度も僕が先に気をやるわけにはいかない。でも…でも…。

「お願いです、一緒に淵に沈んでっ！　一緒に飛び降りてっ！」

　先輩の広い背中に腕を回し、絶対離すものかとしがみつく。吉祥の一本道を限界まで押し広げていた御男柱が、さらに一気に膨れ上がる。

　先輩は力強い雄叫びをあげた。それとともに熱いほとばしりを、吉祥の奥にいっぱい注いでくれた。

　その熱汁を注がれ、手足をつっぱった吉祥は、ようやく強く願った深淵へと投げこまれた。『あさぎ』が消滅し、身の内から『吉祥』へと染め替えられた瞬間だった。

「抜くから、しっかり締めておきなさい」

　枕元の桜紙を結合部にあてがうと、御男柱がゆっくりと僕から去ってゆく。先輩が柳藤様に戻ってしまった。

僕はついに男の洗礼を受けてしまったのだ。一か月前の自分からは、想像もできない。とんでもない現実が、目の前に落ちてきたような錯覚を起こす。

雪風さんが柔らかな桜紙をふんだんに使って、破瓜《はか》の跡と男汁にまみれた僕らの御男柱と菊座を、丹念に後始末をする。それが終わると、彼はふすまを開けた。

そこには六郎様や雲竜さん、そして安宅さんまでもいた。

僕らが閨房に移ってからも、彼らはここで、あのあられもない睦言《むつごと》をすべて聞いていたのだ。

柳藤様が僕の両足をみんなの前で開く。まだうっすらと血がにじむ局部を大きく晒された。

「やだあっ……！」

恥ずかしくて柳藤様の胸に顔を埋める。そんな僕の髪をすきながら、六郎様に水揚げ完了を告げる。

「ありがとうございます。

次代瑞鳳の味は、ご満足いただけましたか？」

「食べてしまいたいくらいかわいらしい媚態や、水揚げだというのに、こちらを締めつけて腰を振る。その様子は、さすがに次代の瑞鳳に相応しかった。

なによりも、この吉祥の勃ち処は奥にあります。ゆえにそこを征するためには指でも御男柱でも、より奥まで入れねばなりません。その過程を楽しめることと、男の本能である征服欲を満たすのに、これほどの身体はないだろう。松風と同じ型の身体だ。この杜若楼の色子たち百人以上の水揚げと、彼らのその後を見てきた私だ。間違いはない。吉祥はこの杜若楼に栄華をもたらすだろう」

新聞記者が柳藤様の語る一字一句をメモに取り、マグネシウムを焚いて写真を撮ると、明日の新聞に間に合わせるため急いで杜若楼を後にした。

僕はふらつく足取りで柳藤様と六郎様、安宅さんを送り出した。雪風さんと雲竜さんの手で、蒸した手ぬぐいを使って全身を拭われ、吸呑《すいのみ》で水を飲ましてもらう。身じたくを整えられ、ようやく人心地ついて横になることを許された。

母屋の楼では今夜、吉祥の水揚げのため、二十円（四万程）で螺鈿の色子の抱き放題という暗闇祭が催され、その祭りのさんざめきが、離れのここまで聞こえてくる。

明日から九月になる。僕は十六歳の夏の終わりに、本物の『吉祥』になった。

5

いつのまにか瑞鳳の間借り部屋に戻されていた。

夜明け間近の闇の中、泥のように眠っていた僕は、誰かに揺り起こされた。目が開かないまま誰何《すいか》する。しかし、その人が告げた事実が、ぼんやりしていた頭の中を一気に覚醒させた。

まだ棒を押しこまれたままのような感触が残っている身体にムチ打って、階段を降り納戸の扉を引き開ける。そこで横たわっていた人は、僕が訪ねると、いつもとても喜んで微笑んでくれた。先輩の話をうなずきながら聞いてくれた。でも今は深く深く眠っているらしく、入ってきた僕に気づかない。

「やだなあ安宅さん。眠ってるだけじゃないですか。脅かさないでください」

彼がうつむき口を引き締めたまま首を振るから、僕は急いで布団に駆けより、松風さんの頬に触れた。

「ほらっ！　まだあったかいんですよ！

こんな悪ふざけをして……。松風さんが起きたら言いつけますからねっ！」

僕は胸の中に湧きおこる不安を蹴散らすため、わざと大きな声で安宅さんを叱る。

彼の頬を一筋、涙がすべり落ちた。

「なんでもないことで泣けるなんて……もう役者の修業ですか？　熱心なのはいいことだけど……」

心が空回りするように僕の声が次第に上ずり、言葉が続かなくなる。さっきから触れている松風さんの頬が、固いんだ。そしてどんどん僕の手のひらの熱を奪って冷たくなっていく……。なぜか目の前にいる安宅さんの顔が、ぼやけて仕方ない。

「おかしいよ、こんなの……。

だって僕の水揚げの報告、まだしてないじゃないか。お祝いの饅頭《まんじゅう》だって、松風さんの分もちゃんと頼んであるんだよ。どうしてそれを食べてくれないうちに、こんなことになるんだよお……」

安宅さんが枕辺に駆けよった。膝をつき、そのままつっぷして泣きじゃくった。

瑞鳳に君臨しているときの、あの周囲を圧倒する威厳もかなぐり捨て、子供のように泣きじゃくる。

「信弥《しんや》……信弥あ！　あとたった十日じゃねえかっ！　十日でこんな地獄とおさらばして、二人で生きようってあんなに固く約束したじゃねえかっ！

馬鹿野郎が！　俺にたった一人でどう生きろっていうんだあ！　信弥っ、さっさと起きねえと、承知しねえぞおっ！」

大きな駄々っ子が生涯最大のわがままを叫ぶ。

騒ぎに気づいた者がいるらしい。僕はとっさに、内側からつっかえ棒をはめ、外からの他人の侵入を防いだ。

なにがあったのかと尋ねる六郎様や、金剛の兄さんたちの声が襲ってくる。色子たちもざわめきながら戸の向こう側に集まっているらしい。

彼らに、今のこんな安宅さんの姿を見せたくない、見せちゃいけない。

「ごめんなさい！　もう少しだけ時間をください！　お願いだから、今だけ、そっとしておいてください」

お葬式になったら、松風さんほどの人のことだから、きっと大勢の人が入り乱れて、悲しんでいる暇はないだろう。僕も胸がはりさけそうなくらい悲しかった。けど僕以上に心を引き裂かれた安宅さんと、もう動かなくなってしまった松風さんの二人だけの最後の時間を、守ってあげたかった。

それしかできない自分の歯がゆさを噛みしめながら……。

さんざん泣いて泣いて……安宅さんは涙を拭った。

「俺一人じゃ、どうにかなってしまいそうだったから……。疲れているはずの吉祥を起こしてしまった……。すまん」

「信弥って、松風さんの本当の名前？」

「信弥のやつ、名字だけは決して言わなかった。一応、世間的には知られた家柄らしいからな。

世が世なら、廓育ちの俺なんかこいつとは口もきけなかっただろうな。それなのに、このご時世じゃ華族の坊ちゃんだって身を堕として、好色親父たちのまえに股ぐらを晒さないと生きられなかったなんて……。

きっと俺以上に辛かっただろうな」

「安宅さんの本当の名前、聞いてもいいですか」

「高瀬ゆう太。おまえは」

「香月あさぎ。

松風さん……、信弥さんの最後のとき、一人ぽっちじゃないですよね」

「そんな寂しい思いはさせるもんか。最後の一息まで俺が抱きしめてた……。

吉祥の水揚げが終わったぞって言ったら、もう先輩の話を聞かせてもらえないんだねって、寂しそうに笑ってた。

それとな、接吻の話もした。……僕も生きてるって感じたってさ。吉祥にそう言えばわかるって……」

僕は溢れ出した涙を拭って、

「安宅さん、お線香は検番のどこにあるんですか。僕、取ってきます」

「ねえよ、そんなもの」

「お線香がなかったらどうやってお葬式を出してあげるんですか。検番では毎晩あんなにたくさん……」

「色子には、葬式なんかない」

安宅さんは松風さんを大切に抱き起こすと、万感の思いをこめてかき抱いた。

「あの守銭奴は、『生きているうちに、名前の前でさんざん線香を焚いているんだ。葬式なんかしなくても成仏できる』って持論の持ち主だ。

松風もこの納戸から出たら、そのまま棺桶にぶち込まれ、無縁仏として埋葬されるだけだ」

僕は一瞬言葉を失っていた。それがこの世界のやり方なのだろうが、素直に受け入れるにはあまりにも過酷だった。

僕は枕元にあった水差しを床に落として叩き割った。

「なんの音だっ、なにをしてるんだ！

出てこい、安宅、吉祥、勝手な真似は許さんぞっ！」

六郎様の怒鳴り声と、納戸の戸を叩く音が激しくなる。早くしないと、戸を蹴破られるだろう。僕は急いで水差しの破片で松風さんの髪をそいだ。寝巻きから二寸ほど糸をひき抜いて、松風さんの髪をしばり、黙って安宅さんに差しだした。

彼が硬い表情でそれを懐に入れたとき、荒々しい音とともに、戸が蹴り破られた。

その向こうに見えたのは、入口で仁王立ちになっていた六郎様の、怒りに震えている姿だった。

六郎様が着流しの裾を捲りあげる勢いで荒々しく駆けよる。松風さんを抱えたまま、僕らが思わず後ずさりしてしまう。水差しの欠片を持った僕の手首を、背中にひねり上げた。

「一度その身を汚したぐらいで死のうだなんて、甘ったれるなっ！　水揚げしたぐらいでおまえの借金は終わらないんだぞ！

おまえが泥水をたらふく飲むのはこれからだっ。わかってるのか！」

僕は髪をわしづかみにされ、数回、頭を床に叩きつけられた。

「俺がそそのかしたんだ！　吉祥にはなにも罪はない」

このくらいの折檻には慣れているのか、安宅さんが気丈に叫んで僕を庇おうとする。

グラグラする意識を必死で立てなおしながら、僕は安宅さんと六郎様を見た。

六郎様の細い目が、憎らしげにたわめられ、安宅さんを睨みおろしている。

松風さんを安宅さんからはぎとると、やせ細ったその死に顔を見つめ、ゆっくりと唇を重ねた。

安宅さんがその行為に激怒し、遺体を奪い返そうとしたらしい。飛びかかった彼の腹に、六郎様のかかとがめりこんだ。

ガッと血を吐いてうずくまりながらも、六郎様を睨み返すことをやめない。伸ばした手が松風さんの寝巻きの裾を掴む。六郎様がすかさずその手を踏みつけ、裾からもぎ離す。

「返せよおっ！　松風を元どおりにして返せっ。鬼。守銭奴。亡八の人でなしっ！」

安宅さんは三人の金剛に抑えこまれながらも、罵声を叩きつける。

亡八とは、人として必要とされる仁義礼智信忠悌孝。その八つの徳を亡くした者という意味で、色子や女郎屋などの主人という意味もある。

安宅さんは松風さんに行使されている接吻に、かなり憤激していた。暴れる彼を押さえつけている三人の金剛も必死だ。額に汗が噴きだしている。

六郎様はさらに松風さんに唇を押しつける。血を流しているような安宅さんの悔し涙と絶叫を無視し、遺体を金剛の一人に押しつけた。

「この役立たずを、さっさと始末しろ」

こともなげに言い放つ。

廊下にはすでに棺桶が準備されていた。それを見たとたん、僕は走りだして、部屋に戻った。

安宅さんからお下がりでもらった引き出しに、大事にしまっておいた饅頭を掴んで、納戸に駆けもどる。ちょうど、遺体が桶に入れられたところだった。

「ちょっと待ってっ！　これを入れてっ」

間一髪、蓋をしようとしていた寸前で制止できた。

桶に納められた松風さんは、その枯れ枝のような細い足を折りたたまれ、窮屈そうな格好で座らされていた。

饅頭を小さくちぎって彼の口の中に入れ、

「昨夜、水揚げをしていただき、僕は本物の『吉祥』になりました」

と報告をした。残りを胸のまえで組まれた手に握らせ、最後のお別れをした。

釘が打たれ、金剛に支えられた桶が裏口から運びだされる。野辺送りをしようと駆けだした僕を、雪風さんが羽交い絞めにして取り押さえ、

「水揚げしたばかりのあなたが、忌《いみ》を被ってどうするんですかっ！

吉祥の名に、早々傷がつくようなことは、この私が許しません」

「だって……松風さんとのお別れなのにっ！　松風さんっ、松風さんっ！」

松風さんの名前を泣き叫ぶ。そんな僕に、雲竜さんが熱く蒸した手ぬぐいを目元に押しつける。

「熱いっ、やめてっ！」

「今夜も、予約の旦那がお待ちかねです。そんな泣きはらした顔でお相手をするつもりですか！」

「今夜はいやだ！　松風さんが亡くなったのに、旦那の相手なんて……できない」

いきなり僕の頬が大きく鳴った。勢いで壁にぶち当たり、その場に崩れ落ちる。ゆっくりと見上げると、六郎様は僕に振り下ろした手をたもとに入れたところだった。

そこから一枚の紙切れを出す。

「これがおまえの選んだ道だ。御男柱をぶち込まれるのがいやなら、この四千八百円、耳を揃えて、今すぐ返してみろ。

それができたらおまえは自由の身だ。駄々をこねようが、意地を張ろうが、松風を送ろうが俺にはなんの関係もない」

六郎様の押し殺したような低い声にうなだれた。

一括の返済はとても無理だ。そう思った矢先に、頭上から、

「今夜の旦那は、関東一帯の織物を統括する責任者の赤堀先生だ。しゃぶられるのが好きだというから、しっかり、その口でしごいてさしあげろ。

おまえは、この俺に莫大な借金があることを、いつもこの頭から離すんじゃないぞ」

僕の頭をはたいて、六郎様は検番へ戻っていった。

安宅さんも連行された。彼は万が一にも舌を噛まないようにと、猿ぐつわを噛まされたまま、一日中、検番横の柱にくくられていた。

僕は、その隣の部屋の布団の上で、涙の跡も乾かないうちに、さらに喘がされた。

雪風さんの指導のもと、雲竜さんの太い御男柱を咥えさせられ、今夜の旦那のために、舌遣いの稽古を強いられた。

安宅さんはその晩の旦那も、いつもどおりにこなして満足させたと聞いている。でも片方の翼をもがれた衝撃は大きかったらしい。旦那が帰ったとたん、酒をあおって

手文庫をひとつ壊したと、相田がグチりながらソロバンを弾いていた。

僕は赤堀と名乗った旦那の右に曲がった御男柱を音を立ててしゃぶった。泣きながらしゃぶった。そんな僕を赤堀様は長い一物に喉を突かれ、苦しくて泣いたと誤解したらしい。自分が吐いた精液を全部飲みほした僕の髪を、優しくすいてくれながら、

「初々しくてかわいいな。

でも私のこの自慢の御男柱を吉祥にはめこんで、おまえをヒイヒイ泣かすのは、本物の瑞鳳になってからだ。

そのまえに手を出すような無粋な真似はしないよ。

そのときにはまた、たくさんの金を持って会いにきてあげよう。それまでは私のことを忘れないでおくれ。吉祥のここで指切りげんまんだ」

と、その夜は御男柱で交合うことはなかった。彼は僕の菊座に指を入れたまま、抱きしめて眠ることで満足された。それでも、布団の中で話してくれた寝物語で『次のときには、一生忘れられない交合いをしてやること』を約束してくれた。

痛くない交合いならいいのに……と心の中で思いながらも、僕は言った。

「楽しみにしてます。赤堀様のこの長い御男柱で、吉祥の骨まで、トロトロにとろかしてくださいね」

と胸に顔を埋めて甘える素振りをする。そうすると『かわいらしい、かわいらしい』と囁かれ、何度も口を吸われる。

借金を返すまでずっとこうして、その気もない相手の腕の中で媚びたり、甘えたりしながら、生きなきゃならないのかなあ……。そのうち嘘をつくことに慣れて、この胸の痛みも感じなくなるのかなあ。僕の心も、そんなふうになってしまうのかなあ。

舌が絡みついてくる感覚に、僕はふたたび先輩の舌だと錯覚しようとする。すぐに松風さんの笑顔も甦り、目尻から涙がこぼれる。その涙も旦那に吸われ、きつく抱きしめられた。


安宅さんが六郎様と衝突したのは、彼の年季明けの三日前だった。

検番で激しくやりあっているので、止めてほしいと相田に泣きつかれた。だが、松風さんを挟んだ、あの二人の確執を目の前で見せられた僕には、止められる自信はなかった。それでも、放っておくわけにもいかず、とりあえず検番に向かう。

「あの客だけは断る！」

階段を降りきらないうちに、安宅さんの怒号が聞こえてきた。これは相当煮つまっているらしい。僕は深呼吸をしてから、そっと検番《修羅場》に足を踏み入れた。

「杜若楼でも出入り禁止にしたはずだ！　あんた……、わざと承知したんだろ。結果がわかってるくせに、わざと予約を入れたんだろ！　あいつにいくら積まれたんだ！」

「誰に向かって言ってるんだ」

「この業界じゃ三本の指に入る杜若楼のやり手楼主の六郎様にだよ！　やり手になるために何十人もの色子を潰してきた、人でなしの六郎様だよ！」

安宅さんの激しい挑発にも、六郎様は冷静だった。彼は手文庫から帳簿と、一枚の書き付けを取りだした。

「この帳簿では、松風にはまだ三百円（約六十五万円）の借金が残ってるぞ。わかっているな。『松風の借金』だ。

おまえが全額、引き受けると俺に誓った、松風の借金だ」

僕に衝撃が走った。

安宅さんは松風さんの借金を払うため、この杜若楼にとどまっていたなんて。

「忘れてはいないだろう。二人分をすべて綺麗に清算すると、おまえが書いた。これが覚え書きだ。

おまえの年季明けまであと三日だな。その間に残りの三百円、稼げるのか」

安宅さんが膝の上で拳を握った。歯ぎしりをする音が聞こえてきそうなほど、奥歯を噛みしめている。いくら安宅さんでも、三日で三百円なんて、とても無理な話だ。

「だが、黒部様がおまえなら一晩三百円で買ってもいいと言ってきた」

弾かれたように安宅さんが六郎様を見上げた。その瞳に怒りが見える。

「金はもう貰ってある。どうしてもおまえが嫌だと言いはるのなら、今夜は吉祥を差し出せば、ご満足いただけるだろう」

「本物の人でなしだな、あんた……」

安宅さんの瞳は酔いのために、危険な色を醸しだしている。このままだと、どちらかが血を見るだろう。

僕は二人の間に走りこんだ。

「安宅さん、僕でできるなら」

「おまえは引っ込んでろ！　吉祥にやつの相手が務まるわけないじゃねえか！　そこの人でなしの守銭奴の策にはまって、松風みたいに死にたいのか！

いいか吉祥、よく覚えとけ。その守銭奴はな、瑞鳳に入った者は生きてここから出さないつもりだぜ。でもおまえは、俺たちの思いを引き継いでほしい。ここを出る好機を、絶対に見逃すなよ。……。わかったよ。しょせん俺たちは、一晩いくらで股を開いて色を売る人形でしかねえんだってな。てめえの懐を肥やすために、生死も問わないような真似まで強要されるってことをな！」

炎のような瞳で六郎様を睨み据え、叫んだ。

「ただし……、今夜、なにが起こっても知らねえからな……」

捨て台詞を残し、足音荒く検番をあとにした。

不吉な思いがしてあとを追いかけたが、邪険に振り払われ、それ以上、追求できなかった。


嫌な予感は的中してしまうものだ。

安宅さんはその夜、隠し持っていた匕首《あいくち》で、黒部様の喉をかき切ってしまった。そして自分も、腹を刺され瀕死の状態だという。うわ言で吉祥を呼べ、と、繰りかえしていると聞いたとたん、僕は三階の瑞鳳の間まで駆け上がった。

部屋の中には、息も絶え絶えの安宅さんが横たわっていた。駆け寄った僕を認識すると、手を差し伸べた。慌てて握りかえすと、

「松風の……仇は取ったぜ」

額に脂汗を浮かべて誇らしげに言うのが、僕には腹立たしくてたまらない。

血に染まった布団をめくると、深そうな傷口には、さらしが巻かれているだけだった。それらの中には、匕首の傷だけではないものもあった。無数の傷を見たとたん唇を噛みしめた。そんな僕に、

「あいつが松風にしたことを、俺にもやったんだ。

隣を見てみな……」

ふすまを開けると、梁《はり》から垂れさがった麻縄や乗馬で使うムチ、半分ほど溶けた赤いろうそく、その他、わけのわからない器具が散乱し、畳や壁には血が飛び散っている。

あまりの悽惨な光景に、僕は腰が抜けたようにその場に座りこんだ。

「あの野郎が……二年前にもそれらの器具を使って、松風をいたぶりつくして、傷だらけにして……、瑞鳳から転落させたんだ。

やつがあんなことしなければ、松風はいまでも、天界から気まぐれで舞い降りてきた天女みたいに、瑞鳳で光り輝いてたんだ。あいつが瑞鳳にいてくれるなら、俺はその下の青蘭の色子で十分満足だったのに……。

あいつが螺鈿《らでん》に堕ちて、座っていられないくらい衰弱して、あんな狭い納戸で一生を終えちまったのも、全部、黒部のせいだ。その相手が、わざわざ俺の前に出てきてくれたんだ。俺としては、仇を取らずに死ねないだろ……。それにこれで……おまえたちも守れるんだ。安いモノさ」

「でもどうしてこうなることがわかってて、松風さんの借金の残りを稼ごうとしたんですか」

「だってよお……、死んでも借金に縛られてたら、あいつ、あんまりにもかわいそうじゃねえか。だから、俺がきっちり稼いで、あいつを本当に自由にしてやりたかったんだ」

松風さんのことを思い出したのか、安宅さんの表情が歪む。顔色から血の気が引いてゆく。

「もうしゃべらないでください！　医者を呼びますから！」

「ま～だわかってねえのか吉祥。医者は来ねえよ。

俺を治しても、六郎様には一銭の得にもならないからだ」

激痛すぎて麻痺しているのか、彼は微笑んで辛いことを口にする。

「年季が明けてここで金剛になって、色子の下帯洗いなんてまっぴらだしな。

もし俺を落籍《ひか》してくれる旦那でもいたら、あの守銭奴が三千円ぐらいふっかけるだろう。それなら医者も呼ぶだろう。でも俺は松風と一緒に生きるって決めてたから。数ある身受けの落籍話を片っ端から蹴ってたんだ。

だから年季が明けても、守銭奴のもとへは一銭も入らない。しかも、隣の部屋の修復代で……大赤字だ。最後の最後で、あいつの望みどおりにならなかったわけだ」

彼は痛みでうめきながらも、

「でも、もしも松風の隣で眠れたら、あの世でもいい。あいつと一緒に暮らせるかも。なんて、俺らしくもねえが……。万が一、それが叶うのなら、思い残すことはねえなあ……」

そっと目を瞑り、彼は最後の願いを口にした。

だが僕たちは、松風さんの墓がどこにあるのかもわからない。いつか六郎様が言ってたように、簀巻きにして川に流されてしまった可能性だってある。

でも僕は知っている。あの日の昼すぎ、六郎様が供花を持って出かけていったのを。安宅さんとあれだけ競ったほどの相手を川に流すことは、いくら六郎様だってできないはずだ。

「安宅さんがもしかして十年後に亡くなったときには、僕が松風さんのお墓をつきとめ、隣に眠れるようにしてあげますから。

今は元気になってください」

ふっと笑った安宅さんの顔色は、もう血の気がなく、いまにも松風さんのもとへ逝ってしまいそうだった。

「吉祥、出てけ」

思いがけない言葉に、彼の顔を見た。

「俺の息があるうちは、この瑞鳳は俺の部屋だ。まだおまえのものじゃない。出てけ」

最後まで瑞鳳の誇りを僕につきつける。席を立った僕の背中に、

「吉祥……、気張れよ」

「安宅さんも……」

互いに微笑みながらそう言葉を交わし、瑞鳳のふすまを静かに閉めた。肩を震わせながら、僕は広い階段を降りた。

次にこの階段を上るときには、瑞鳳の吉祥という重い枷を背負って上ることを覚悟した。

彼は翌朝早く、松風さんのもとに旅立っていった。

桶に詰められ裏口から運び出されて行くとき、僕は安宅さんとの約束を果たすために、一番よく研がれているはさみを喉元に押しあてた。

「松風さんの墓の隣に埋葬しないと、これを突き立てるぞ」と、ふたたび騒ぎを起こした。

「松風は洞仙寺の白木蓮の下です。

私の責任できっと安宅をその隣に納めますから、はさみを渡しなさい」

と雪風さんに戒められた。僕らは六郎様の許可なくこの杜若楼から一歩も外に出ることは許されない。僕は、真摯な瞳で答えた雪風さんのその眼差しを信じるしかなかった。

「やれやれ、どうやら吉祥の瑞鳳時代は、大騒動が目白押しのようだ。くわばらくわばら……」

口をへの字にした相田がソロバンで肩を叩きながら、検番に入っていった。

六郎様は今回の事件を、深夜に賊が侵入して二人を殺害したと公表し、それ以上はなにも触れなかった。

血のついた畳等を処分して、三階に新しい調度品が運びこまれ、いよいよ杜若楼の瑞鳳が、僕の肩にのしかかるときがきた。

僕はしっかりと前を向き、緋色のもうせんが敷かれたその階段を、登りはじめた。

『気張れよ』

安宅さんの言葉を受けついで、今、僕は本物の瑞鳳、杜若楼の吉祥になる。

第二章

1

瑞鳳を預けられるようになって、まず雪風さんに言われたのが、『さん』づけをなくすことだった。旦那と六郎様以外をすべて呼び捨てにしろという。慣れないことだが、またそうでなくては、この杜若楼の体制を維持できないのだと教えてくれた。

相田がソロバンを弾きながら、

「瑞鳳は、安宅が値段のつり上げに成功したから、そのまま一晩八十円（約十七万）でゆくと六郎様から指示があった。

だが、そこから部屋代一日十円、食事代三円、金剛を二人持っているから五十円、笛太鼓、舞の芸色子に五円、その他の雑費二円と……」

軽快なリズムを刻んで、ソロバンの珠が跳ねる。

「これをすべて差し引くと、純利益として杜若楼に返金できる金額は一日十円だ。四千八百円の借金を返すには、単純計算で四百八十人の旦那に抱かれればいいんだが、四季折々の衣装代やら部屋の模様替えもあるから、二年の年季だと……おーっとこれは昼客も取らないと、三割の利子の返済で精一杯だ」

『借金でがんじがらめにして、苦界の底へ沈めてやる』

六郎様の言葉が、ひしひしと現実味を伴って僕を締めつけにくるのを感じた。六郎様の思いどおりに負けてなどやるものか……。僕は相田を睨み返して確認をとる。

「昼客も取れば、返済できますね？」

「そんな無理しなくても、年季を五年にしてもらえるように、私から六郎様に頼んであげるよ。

そうしたら十日に一日は休めるんだからさ」

色子上がりの彼は、しなを作ってそう勧める。

「……騙されません。そんなことしても、利子がかさむだけで、返済は同じでしょ？」

「生意気なことを言うなっ！　無理をして松風みたいに身体を壊して死にたいか！」

不意に低くて乱暴な言葉遣いになる。この豹変に、色子たちはみなおびえ、そして、彼の意に従ってしまうのだ。

「返しきってみせます！

食事は瑞鳳も螺鈿も一緒なんですか？」

「そんなことあるわけないだろう。あいつらは、八十銭でお座敷の残り物の雑炊をすすってるんだ。吉祥は白いおまんまを三食たらふく食って、旦那を悦ばせる肌を保つんだよ」

「螺鈿の色子も雑炊すすって客を悦ばせてるんだ。僕の食事は螺鈿のみんなと同じものにしてください。一緒に食べますから」

「……強情な子だね、あんたは！

ま、その強情我慢が辛抱できなくなったら、白いおまんまを、借金と一緒にたらふく食わせてやるから、いつでも私に泣きついておいで。

そうそう、おまえの今夜の旦那は例の撚糸屋の赤堀様だ。あの好色漢のまえで思いっきり股ぐら開いて、御男柱《おはせ》を根本まで咥えこんで腰を振ってヨガってみせるんだよ！

今夜はおまえをヒイヒイ泣かせてやるって張り切ってたから、明日の朝、しっかり立って雑炊を食べに降りてきな」

思いどおりにならなかったことへの悔し紛れだろうか、口汚くののしって、ソロバンで僕の腰を叩いて検番に戻っていった。

僕はそんな簡単に苦界へ沈められたくなかっただけなのに……。これから僕の前には海千山千の大人たちが、いろんな罠を幾重にもしかけ、堕ちてくるのを手ぐすねひいて待っているんだ。

初めてこの杜若楼に売られた晩、お座敷を逃げ出していた初夢を、安宅さんが説得して、客のもとへ帰していた。閨でかわされる甘い囁きに、つい堕ちてしまいそうになる。そんな色子を、一所懸命ですくい上げていた。もう安宅さんや松風さんは守ってくれない。今度は僕がやらなきゃいけないことなんだ。

「屈するな。油断するな。気を配れ。そして気張れ」

安宅さんが言っていた瑞鳳の心得を、もう一度、言葉に出して反芻する。今になって、ようやくその言葉が重みを持って僕の心に根を下ろした。今日から僕がこの杜若楼の最高の色子である瑞鳳の吉祥として、君臨していくんだ。

僕はまっすぐまえを見て、瑞鳳への階段を上りはじめた。

夕方、軽く食事をとった後、身支度をする。髪はまだそれほど長くないため、まとめられる分だけを雪風が器用に上げてくれた。

「髪は毎日こうするの？」

「吉祥には結い上げたほうが合いますから毎日結います。伸びたらもっと華やかに結い上げるように六郎様から言われています」

雪風が当然だという声音で答えてくれた。そうだよね。長年ここに居る彼のほうがここのやり方やしきたりには詳しい。彼の指示に間違いはないのだ。僕は彼の手にすべて任せることにした。

「安宅は大変なことになったらしいが、私は予定より早く吉祥をこの腕に抱くことができて、幸せだよ」

日没とともに来てくれた赤堀様が、その大きな身体を揺するようにして笑いながら、杯を傾ける。

「このまえの約束どおり、今夜はお祝いだ。吉祥に忘れられない一夜をあげるからね。まずは肌襦袢になりなさい」

どんな一夜にされるのかと戦々恐々な気持ちだった。それでも言われるまま立ちあがって帯をほどき、総絞りの着物を肩からすべらせる。

着物の前をはだけて立ちあがった旦那の姿に、まだ羞恥心が残っている。思わず下を向いてしまった。

そんな僕の肩に手を当てて跪かせると、

「しゃぶりなさい」

と命じ、下肢を突き出す。すこし右に曲がった御男柱《おはせ》を、習ったとおりに唇と舌でしごきたてる。するとすぐに、旦那の気持ちよさそうな声が上がりはじめる。そのことに正比例して口の中の赤黒い御男柱の容積が増す。

「おお、吉祥……よいぞ。上手になった、このまえよりも上手になったじゃないか
……ううっ、もっと深く……

そうだ。気持ちいいぞ。裏側にも舌を這わせるんだ」

苦しくて目尻から涙をにじませているにもかかわらず、旦那が後頭部に手を回す。さらに喉の奥に押しこまれ、髪をかきむしられながら御男柱への奉仕を強要される。舌の上を、御男柱がヌメヌメとすべる。

息の穴を塞がれ窒息する寸前に、御男柱が喉の粘膜も引きずり出すような勢いで引き抜かれる。すると旦那の御男柱の先端と一緒に引きずり出された僕の舌先が唾液でつながっている。

「吉祥、床柱にしがみつくんだ！」

旦那は卑猥な光景により興奮したのか、そう命じる。僕は言われるまま床柱にしが

みついた。

旦那は布団を敷いた隣の閨房まで行かず、いきなり荒々しく肌襦袢をめくり上げた。背後から僕の腰をとらえると、そのまま御男柱を一気に埋めてくる。

「まだダメッ、痛いっ！　優しく、優しく……あああっ……」

ほぐされずに入れられる激痛にうめき、首を振って許しをこう。だが、許されるはずもなく、さらに深くねじこまれ、僕は床柱を抱きしめた。

「はまったはまった。もう痛くないだろう」

あそこがジンジンして熱い感じがする。必死で息を整え、旦那の顔を見た。

「……吉祥があまりにもかわいらしくて、私としたことが我慢ができなかった。こんなにかわいらしい吉祥がいけないのだ。私から理性を失わせてしまうから……」

ズズズッ……と僕の中で御男柱がすべり出す。肉壁が裏返されるような、内臓のすべてを引きずり出されるかのような感覚に、歯を食いしばった。とたんに僕の花筒が旦那の御男柱を食い締めた。

「おおっ、締まる、締まる……。食いちぎられてしまいそうだ。こんな心地は初めてだ。愛しいのう……かわいらしいのう。こんなに小さな口で、必死で頬張っているのが丸見えだ。

気持ちいいか？　吉祥も気持ちいいか？」

限界まで開かれた菊座の周囲をユルユルと撫でられると、旦那の御男柱を締めつけてしまう。それがまた新たな苦痛を生みだす。痛くて辛くて、涙が溢れてしまっても、僕らは言わなきゃいけない。

「気持ち……いいです。

僕のお道具を、たっぷり味わってください。心ゆくまで楽しんで……、男汁をいっぱいください」

六郎様から渡された閨言葉集の中から、覚えたての言葉を使う。

「そうか！　いいか！　たっぷり注いでほしいのか！

吉祥は顔に似合わず淫乱だな。水揚げがすんだばかりの身体だというのに、そんなにコレが好きか！」

旦那が嬉しそうに腰を振る。とても快感どころではないけれど、そう言わなきゃいけないんだ。水揚げのときに心と肉が切り裂かれたのか、心とは裏腹な言葉が滑り出る。痛いから止めてくださいという本音を噛み殺し、僕はただうなずいた。

「このまま布団まで行くぞ！」

背後から腰を抱えられたまま僕は歩かされる。花筒に御男柱を含まされたままの不自然な体勢のままヨタヨタ歩くと、旦那の右曲がりの御男柱が中の思わぬ場所を擦り、そのたびに声が上がる。

「あぐっ、そこは……だめですっ！　そんな深い所を擦られるなんて、もう、もうっ歩けないっ、堪忍してください……お願いだから……一度はずして」

「それは許さん。あと少しだ。布団まで歩けたらご褒美をやるぞ。それ、それ、それ……」

「あぐっ、はふん……ああっ」

言葉にならない音の羅列だけがほとばしる。

ようやく布団にたどりつくと、そのまま座りこんだ。激しく口を吸いたてる。息を切らせてあえぐ鼻息が獣じみていて、思わず肩がすくむ。

厚い唇が離れ、頬、耳、首へとぬめった舌が移動する。腰も忙しなく蠢いて僕の切れかかった理性を翻弄する。

いきなり左足が旦那の右肩に抱えあげられた。驚く暇もなく膝立ちの旦那の足が、僕の右足をまたぐ横向きの体位に返され、旦那の腰が激しく左右に揺れた。

「ひいいっ……当たってしまううっ、そんなそんなあ……壊れちゃいます！　止めて、だめえ……っ！」

　この体位で揺さぶられると、旦那の右曲がりの御男柱の先端が、嫌でも僕の勃ち処を強烈に突き上げるのだ。

「そりゃ、そりゃっ、この御男柱が忘れられなくなるまで、吉祥を泣かせてやるぞっ！どうだっ、私の御男柱をけっして忘れないと誓うか！　この先どんな御男柱を呑みこんでも私の御男柱が一番だと思えるか！」

　太腿を抱え込んで、さらに嵐のように腰を振って僕を嬲る。

「誓うっ！　旦那の御男柱が一番すごい！」

　泣き叫ぶ僕の悲鳴のような言葉に満足したのか、悠然と御男柱を使いはじめる。ぐうり、ぐうりというリズムで刺激され、たまらず、

「もう、気をいかせてくださいっ！　お願いします。出ちゃいますう……」

「私より先に気をやることは許さん。まず、私の男汁をすべてこの身の内深く呑むんだ。吉祥が気を放つのはそれからだ」

　根本をきつく握り締められ、おかしくなってしまいそうなほど淫らにされ、嬲られ、なけなしの自尊心が砕け堕ちそうになる。

『桜川先輩の御男柱だ……』

僕は最後の手段に出た。

今、僕を思うがままに操っているこの御男柱は、先輩の御男柱だ。先輩がこんなに僕を愛してくれている。こんなに激しく僕を満たしてくれている。一時でも早く先輩が注いでくれる男汁が欲しい。

そう考えただけで僕の花筒は、奥までもぐりこんでいる御男柱をなんの心の抵抗もなく締めつけた。旦那の腰を振らせ、男汁を搾り取ることに成功した。

『熱い……。先輩の、汁……』

先輩の出したものを身体の奥底で感じるように、僕は目を閉じた。旦那の極めた声とともに放出することを許され、旦那の手の中に濁り液を吐きだした。

足を下ろした僕の身体を力一杯抱きしめて、

「こんなに感じたのは十年ぶりだよ。

五十を過ぎているのに、こんなにたくさん男汁が出るなんて……。恥ずかしいが、とても嬉しい。吉祥のここは本当に法悦郷でできているとしか思えん」

と、涙を流しそうなくらい悦んでくれている。そんな姿に僕は後ろめたさを感じずにはいられない。

（僕はあなたと交合っていませんでした。心の中で先輩を思い描き、先輩で自慰行為

をしていただけなんです）

白状できたら、どんなに楽だろう。口を吸われながら僕は心の中で、旦那と先輩に必死で謝っていた。

黙っているのが重荷になって、こっそり雪風に懺悔した。すると、いつもは冷静な彼の顔色が真っ青になり、いきなり平手が飛んできた。突然のことでよける暇もない僕は、部屋の隅まで飛ばされる。僕の上に新聞が投げつけられた。

「あなたはなんて不誠実な人なんですか！　赤堀様は吉祥のことをあんなにもかわいがってくださっているというのに！　彼に抱かれながら他の人のことを思っていたなんて！　恥を知りなさい！」

投げつけられた新聞には、

『杜若楼の新しい瑞鳳についた吉祥を知らずして『男』を名乗るのは、これ、井の中の蛙そのものなり』

という記事が掲載されている。その続きには、吉祥がどんなにすばらしく男を勃起させ、少なくなってきたとばかり思っていた男汁を、多量に放出させることができたのか、新聞の半面以上をさいて、事細かにつらねられてあった。

「この記事を載せるのに、赤堀様が新聞社にいくら払ったかわかりますか？　一晩あなたを買うのに、いくらかかるか知ってますね？

それだけではありません。あの日の朝、赤堀様は『吉祥という宝玉にも匹敵する身体を見つけだしてくれたことに感謝する』とおっしゃって検番の者たち、金剛の一人一人に至るまでたくさんの心付けをくださいました。

大変なお金をかけて来てくださっているのです。それほど吉祥を思ってくださる赤堀様の心を、あなたは足蹴にしたも同然です！　心得違いは、絶対に許しません！」

僕は返す言葉もなくうなだれている。

「その先輩も、汚していることもわかってますか」

その言葉に僕はハッと顔を上げた。だが彼はあいかわらず冷静に言葉を続ける。

「その先輩はあなたが旦那に抱かれているとき、自分を思って抱かれていることを知っていますか？

逆の場合を考えてみましょう。彼の頭の中で、自分が犯されていることを知ったら、気持ちいいものですか？　自分を自慰行為に使われているのだと知ったら、我慢できますか？」

雪風の言葉にただうつむいた。自分が恥ずかしくて、先輩に申し訳なくて、涙が溢れてくる。

「その先輩という人物が吉祥を落籍《ひか》す（身受け）ことができるような財閥の御曹司なら、私もここまで言いません。

彼は、それだけの金をこの杜若楼に貢げるような人ですか？

「僕が落籍されるには、いくらかかるのですか？」

基本的なことなのに、今まで聞いたことはなかった。

雪風が僕の前に座ると、少し考えてから口を開いた。

「瑞鳳にいたというだけでもあなたに付加価値がつきますから、それだけで二千円（約五百万弱）つきます」

付加価値だけの値段で、僕は息を呑んだ。

「あとさまざまな雑費という名目で五百円はつけられるでしょう。二千五百円（約六百万）がだいたいの目安だと思ってください。

もっともこれは、借金をすべて返しきっていての話ですがね」

僕の年季が終わる二年後では、先輩はまだ大学生だ。二千五百円などという大金を工面するなんてことはとても無理だろう。

「あなたを私のようにしたくありません。もうわかっていると思いますが、この世界では金がすべてです。金のない者にはどんな正義でさえ通せません。どんなに愛しく思っていても、あなたを落籍すことができないような男を待つのはおやめなさい。不幸になるだけです。

松風や安宅を見たでしょう。生きてここから出たかったら金と権力があり、御男柱の相性がいい旦那を見つけ、素直にその人に落籍されることを勧めます。それが吉祥のためです」

雪風の静かな言葉が重い。二十年近く、この杜若楼でさまざまな思いをし、いろんな色子の行く末を見てきたはずだ。彼の言う道がたぶん、色子として一番幸せに近い未来なのだろう。それはわかる。でも……。

「あなたを買えないような男に心を寄せることは不幸になります。おやめなさい」

僕の心を読んだ雪風が静かな言葉でとどめを刺す。でもまだ僕の中のあさぎの心が納得できずに、涙が頬を伝う。

「ここでは沈むか流されるかしかありません。肝に銘じて、今夜の旦那を心からもてなしてください。

その新聞記事のおかげで、朝から吉祥への問い合わせがひっきりなしなんです。おざなりなお相手をしたら、あなたばかりか、この杜若楼すべてや、赤堀様、そして今まで瑞鳳として君臨していた安宅や松風さえも、物笑いの種になるのですからね。気張ってください」

蒸し手ぬぐいで僕の涙を拭いながら、

「毎日毎日、吉祥にはいったい何枚の蒸し手ぬぐいを用意しておいたらいいんでしょうね。この手ぬぐいは、交合いのあとで、身体を清めるために用意してあるんです。吉祥のわがままのためにあるんじゃありません」

頑是ない子供に言い聞かせるように、仕方なさそうにつぶやいていた。

先輩のことはもう忘れなくてはいけない。わかっているけど、心が痛くてたまらない。まだにじんでしまう涙を雪風に見えないように、そっと、拭った。

その夜も杜若楼は盛況を極めた。

赤堀様が出してくださった新聞の記事の効果も手伝って、僕への指名が重なりあい、安宅さんのときと同じく競売にかけなければ、収拾がつかないほどだ。

そんな中でも、赤堀様は五日と空けずに通ってくださった。僕を競り落とすためにはもちろん、酒代、ご祝儀、心付けなど、毎回二百円（約四十万）近くもの金を杜若楼に落としてくださる。そんな彼は僕の大事な大事なご贔屓様だった。

ときおり、今日は大金が入ったからと、襟口へ百円札（約二十万）を忍ばせてくれたりもした。それらはすべて検番に持ってゆき、借金の帳簿に、返済金としてつけてもらう。相田はニコニコしながら手を出し、

「さすが吉祥だ。普通の心付けは十円がせいぜいなのにねえ。

わかった。帳簿につけておくよ」

「今つけてください。つけるまでは渡しません」

相田が記入するのをしっかり見届けろ。こっそり懐に入れられたら、取られ損だからなと、安宅さんに念を押されていたのだ。僕にいい感情を持ちあわせていない彼は憎らしそうな顔をする。でも彼に媚びるつもりはない。そんな必要もない。じっと彼の行動を見守っていると、相田は鼻の頭に皺を寄せ、ようやく帳簿を取りだした。

今夜も、僕はいつものようにあえぎながら御男柱を慰め、自分が巨きくしたそれを必死で迎え入れ、砕けおちる寸前まで存分に腰を振らせてから締めつけて、男汁を搾りとる……。あとは緩やかな空気に身を任せ、髪をすかれたり、言葉遊びなどをしな

がら、ほんの一時だけ、なにも考えずにすむ眠りの底に落ちていった。

束の間の夢の中にでてきた桜川先輩は、春の日差しのように優しく微笑んでいた。目が覚めたら、きっと僕は泣いている。そう確信しながらも夢の中の僕は、その先輩の微笑みを、ただ、見つめていた。


その合間にも僕は瑞鳳としての仕事があった。半月に一度ぐらいの割合で、昼に行われる弟色子の水揚げにも立ちあう。ふすまの向こう側から吹き上がる泣き声や、死に物狂いで許しをこう悲鳴にも、耳を塞ぐことは許されない。

これは〈お祝い〉なのだ。色子として正式に客を取れることを証明する大切な儀式なのだ。だからまだ幼い菊座を破瓜（初挿入）したときの形跡がついたままの御男柱や、その御男柱で開かれた菊座を得意気に晒した客にも、礼を言わなくてはならない。

ときどき、柳藤様も訪れることもある。僕の顔を見るたび、その大黒様のような顔をほころばせながら、

「吉祥の噂は私の耳にもたえまなく届いているぞ。おまえを水揚げした私も鼻が高い」

「ありがとうございます。これからは私の弟色子の、この市松もご贔屓くださいませ」

この市松は半月前に買われてきて、今日、水揚げされた。十三になったばかりの少

年だ。破瓜はかなりの痛みだったのか、心も裂けたのか、まだ彼の腕の中でしゃくりあげている。

「新色子・市松のご開帳、ありがとうございました」

市松の蒼白な顔を見ないようにして僕は礼を言った。

水揚げが終わり、螺鈿の色子たちの部屋の隅で、声を出さずに肩を震わせて泣いていた市松に、ある旦那からもらった舶来のドロップを三粒握らせた。

泣きはらした目で僕を見あげた市松は、そのましがみついてきた。

痛い、悔しい、帰りたい……。

長い睫毛を震わせ、泣きじゃくりながら言っても仕方ないことを叫び、僕の胸を濡らす。肉と心を裂かれたときのあの痛みを知っている僕は、うわべだけの慰めの言葉をかける気はなかった。ただこの少年がこれから先、さまざまな誘惑に引きずられ、さらなる地獄に堕とされないように、できるだけ支えてやりたいとだけ願う。身体を裂かれた今日だけは、市松をきつく抱き返してやった。

また守る弟色子ができた。守る者を持っていれば強いんだぞ、と安宅さんが漏らしていた。その言葉が、今の僕を支えてくれている。まだ子供のような市松の細い身体を抱きしめながら、僕は歯を食いしばった。

ときおり、不意に姿を消してしまう色子がいることに気づいた。落籍の話は聞かない。まさに神隠しのように、姿が見えなくなる。心配になり雪風に尋ねた。が、

「それは、あなたが心配することではありません」

と、とりつく島もないほど冷たく返事を返されるだけだった。


そんな毎日の中で、僕のご贔屓様は確実に増えていった。この身を売る仕事にも慣れてしまった冬の初め、その人は現れた。

雪風が耳打ちした外界の彼の身分は、今までさまざまな有力者と呼ばれる旦那方の中でも、群を抜いていた。貴い血がその身に流れる人物だった。

家は侯爵家。父と長兄は貴族院の議員、母はさるお大名の血を引いた姫君様、次兄はまだ三十前だというのに海軍中佐殿、叔父君がその海軍で准将という重要な役職に就いている。彼自身も弱冠二十歳だが、この先もどんどん昇進し、将来は海軍でとても高い地位に就くことを約束されているという。

そんな偉すぎる人の相手は気が重い。命じることしか知らぬ人からは、ときとして激しい陵辱のみを与えられることもある。大切な商売道具の菊座の負傷は、松風のと

きのように、螺鈿への転落もあり得る。それでも、いつまでも芸色子たちに任せておくわけにもいかない。覚悟を決めてお座敷に入った。

中では七人の帝国海軍の将校たちの間で、芸色子たちが半泣きで演奏し、舞をまっていた。

階級章をひけらかし、芸色子たちに無理難題をふっかけていたのだろう。この子たちは色を売ってはいないのに酔った体格のよい将校たちに囲まれ、股間をまさぐられていた。抱きしめられた耳元で卑猥な言葉を囁かれたり、口を吸われそうになっていたのでは、半泣きになってしまうだろう。この子たちに座敷を預けて、気が重いとグズグズしていた自分を内心、激しく叱咤した。

僕は今夜の正客である海軍将校に向かい、深く一礼した。顔を上げて、改めて上座で酒を飲んでいる彼を見た。

海軍なので日に灼けた肌、短い髪、大きな瞳に強い意志を秘めた眼差し。鍛えられ、均整の取れた身体。その身体を包むのは紺のリンネル地の詰め襟の長ジャケット。桜と錨を刻んだ金ボタンが五つ、二列に配置されている。袖章は幅一分の小金線が三条だから、階級は少尉。その帝国海軍、冬の略式装の軍服をきっちりと着こなした、剣崎亮三郎様。彼が今夜の僕の旦那だ。

僕は芸色子たちを退出させた。逃げるようにそそくさと退室する姿が不服だったのか、将校たちは座ったままの僕を取りかこむ。

「貴様みたいな華奢なやつが、我らすべてを満足させるというのか！」

「俺たちが遊廓に揚がったら、女たちは二十人がかりで相手をするほど、盛んなのだぞ！　貴様一人で二十人分の女郎の代わりをするつもりか！」

「こんな細っこい身体の男なんぞ、我らに突っ込まれるぐらいにしか役にたたん。こんな奴など女郎以下に扱ってやろう。

まずはとっくりと上の口で我ら全員の御男柱に挨拶をしてもらおうか」

このような状況に興奮し、大きく膨らませた股間を、僕の頬にすりつける。一人が始めた卑猥な行動に、他の将校たちも腰を突きだした。六つの張り出した股間が僕を囲む。僕はそんな彼らを無視して、背筋を伸ばしたまま客の剣崎様をじっと見据えた。

「どうしたっ！　いつもやってるように、その口で挨拶しろ！」

「毎晩たくさんの男たちに股ぐら晒して、ぶっといものを奥までねじ込まれ、ヨガって、ヒイヒイ泣いてる淫売のくせに。いまさら気取るな！」

「おまえを知らない男は、男ではないという噂じゃないか。おまえの菊座で、俺たちすべてを男にしてくれよ。

「……俺たちがおとなしく言ってるうちに股を開け。でないと、海軍式ご開帳をして、この柔らかそうな尻を血まみれにするぞ」

「雪風っ！」

尻に手を伸ばして撫でまわし始めたことをきっかけに、介添えとして部屋の隅に控えていた雪風を呼んだ。間髪容れず阿吽の呼吸で返事を返す。僕は剣崎様を見据えたまま、

「この杜若楼の瑞鳳の間の客は、一晩何人だ！」

「一夜、旦那一人限り。

その旦那に身も心も尽くしぬくこと。それがこの瑞鳳として君臨する色子に課せられた、最大の務めでございます。

旦那以外のお客人は、階下で青蘭、もしくは螺鈿の色子たちで遊んでいただく習わしです。ご案内つかまつる」

雪風が階段へのふすまを音もなく開く。将校たちは、雪風の刃のようにとぎ澄まされた雰囲気に、凍りついたかのように動けない。

「剣崎少尉殿……っ」

将校の一人がとりなしを頼むように、主客の座に座ったままの剣崎様に声をかける。

剣崎様は鞄の中から百円札を取りだし、

「おまえたちは下で遊んでこい。足りない分は自分持ちだぞ」

手を振って悪友たちを追い払うと、さっきまでの喧騒が嘘のようにしんとした。剣崎様が杯の冷めた酒を一気に喉に流し込んだ。

「注げ」

彼の深みのある声が命じる。命じることに慣れた者の口調だ。

酒を注ごうとした僕の手をいきなり握ると、子猫でも引っぱるように乱暴に引き寄せる。彼の前にあった膳が音を立てて中身が散乱する。そんなことなどかまわず、その広い胸元にすっぽりと抱きおさめてしまう。髪を掴んで上を向かせ、

「俺は予科生時代にさんざん女郎を抱いてきたが、俺たちに真正面から逆らったやつは、きさまが初めてだ。

こんな華奢なくせに……俺たちに逆らって怖くはなかったのか。やつらが本気になったら、きさまのような者なぞ、瞬時に屍にしてしまうやつらだぞ」

「剣崎様以外の人の怒りを買うことなど、少しも恐ろしくはありません」

僕を抱きしめる彼の腕がきつくなる。

「なら私の怒りを買うことが怖いのか！　あれほどの気概を見せたきさまともあろう

者が、俺のささいな怒りも怖いのか！」

僕は剣崎様の右手を握ると、襟元へ導いた。すぐその手は着物の中へ押し入ってきた。剣崎様の堅くて大きな手に初めて触れられた肌がヒクリとすくむ。

「こんなに胸が高鳴ってます……。

優しくしてくださいませ。今宵一夜は、私のことを心の底から愛しい者と思って、身も心もかわいがってくださいませ」

最後まで言わないうちに、剣崎様は襟元から侵入させたままの右手を引き寄せた。軽々と反転させられた僕は、彼に背後から抱きすくめられた。

剣崎様は無理な体勢のまま唇を奪いにきた。息もつげないくらい激しく吸いたてられ苦しくて、口をもぎ離そうとする。それを許さず、追いかけてきた唇で押し塞ぐ。舌を侵入させ、僕の舌を追いまわす。

襟元から侵入した大きな手のひらが、なにもない胸をもみくちゃにする。着物が乱される。はだけた左肩に唇を押しつけ、思う存分僕を、唇と舌と指で愛した。肩口をギリッと噛まれ、僕は背をのけぞらす。裾が淫らにはだける。真っ白な足袋をはいた足が、畳をこする。

「痛いです……かわいがってください。

お願いだから、愛しく思って……優しく、あぐうっ、んっ、んふ……」

ふたたび唇を塞がれる。太腿のあたりに熱い塊が触れた。一刻も早くそれが欲しい……それを奥まで満たしてほしい。

数え切れないほどの旦那に抱かれてきた。そんな僕がこれほど淫らなことを思ったのは、この剣崎様が初めてだった。僕の旦那のほとんどが四十代以上で、こんなに年が近い旦那は初めてだったこともあるかもしれない。布越しだったが、熱さや固さが今までの旦那たちの御男柱とは違うような気がした。

そろそろと剣崎様の軍服のズボンに手を伸ばす。ベルトをはずそうとしたとたん、いきなり平手打ちが飛んできた。

「軍服に手をかけるとは何事だっ！　貴様っそれほど男が欲しいのかっ、色情めっ！」

「許して……ください。剣崎様があまりにも愛おしくて……我慢できなくて……。

軽蔑されたくないけど、あそこが疼いて……早く、欲し、い……」

今まですっかり忘れていた。グズっていた僕に雪風が心の抵抗を拭いさるためといって、下の口に直接ほどこした媚薬。それが今になって抜群の効果を出しはじめていた。

「剣崎様が欲しい……」

この熱く溢れ出すような思いは、薬のせいばかりじゃない。なにかが花奥で蠢くようなむず痒さに、息が弾む。目は好色な光を浮かべているだろう。腰が揺れてしまうのも抑えられない。張りとばされた頬の疼きも、痛みとは別の刺激で僕を困らせる。

雪風……、今日に限って、どうしてこんな強いものを塗ったんだ。心の中で恨み言を言ってももう遅い。どうしたらいいのかという考えも、あっけないほど簡単に媚薬が霧散させてしまう。

救いを求めるように剣崎様を見上げた。彼の瞳も飢えた光をたたえている。

「ケダモノは手を使うな。口だけで俺の御男柱を取りだして、おまえの口と舌でしごけ」

言われるまま、やっとの思いでベルトやボタンを噛んではずす。下着の中で存分に膨らんでいる御男柱を出すことに難儀をしたが、欲情をかりたてられている僕は、本物の色情になったように息を弾ませ、その見事な御男柱を取りだすことに成功した。

粘土の固まりのように固い。それでいて弾力がある。火箸のように熱くてずっしりとしたそれを、ようやく口に含むことが許された。空腹の赤ん坊が乳にありついたような勢いで舌と唇を使って、頬張ってなめしゃぶり、竿を舌で何往復もし、喉の奥を使ってしごきたてた。

それでも襲いかかるもどかしさに耐え切れず、僕は口で御男柱をしごきながら、かかとを菊座に押しあて腰を蠢かし、肌襦袢ごしに秘密の部分を刺激する。

大きな御男柱を含みながら剣崎様を見あげる。彼も頬を紅潮させ、僕の髪をまさぐり声を上げる。まるで僕たちは二匹の淫蛇になったような錯覚におぼれる。ひたすら頭を振りたてて御男柱を吸い、むしゃぶりついて離さない。

これは僕の宝物だ。砂漠をさまよう者が水を求めるように、狂おしいまでに欲してやまないものだ。誰にも渡さない。もうこの御男柱は、僕以外の誰にも入れさせたくない。脳の奥が焼きつくような思いで喉を鳴らし、愛の仕掛けを深めてゆく。

口中いっぱいに膨れ上がった御男柱が勢いよく飛び出した。黒光りするような表面には、つたのように静脈が絡まり、脈動している。

剣崎様は飢えた獣のように荒々しく着物の裾をかき上げる。彼は僕がかかとでほぐしていた菊座を一気に貫いた。

挿入してくるそれは、圧倒的な圧力と、途方もない強引さで僕を引き裂く。しかし、愛しくてたまらないと思う男の御男柱から与えられる苦痛は、むしろ心地よいものだった。やっとこの人の御男柱を与えられたという満足感。その御男柱が僕の中で激しく脈打つ生命力。この世のすべてが僕の中に納められたような快感で、全身が高熱を出した患者のように震えだした。

「どうした、震えているぞ。痛いのか」

心配げに囁く剣崎様の言葉が耳から侵入し、僕の脳を甘くとろかす。その大きな両手で頬を包み込まれただけで、涙が自然にこぼれてしまう。その涙を唇を寄せて吸ってくれる。さっきまで、あんなにも高圧的だった彼がまるで夢のようだ。

「こんなに奥で、剣崎様を感じることができて幸せ……すぎて、恐い……」

閨言葉集にない、突きあげるほどの愛おしさが言わせる言葉が自然にこぼれだす。そのことに戸惑う暇を与えず、首筋に顔を埋めたまま、剣崎様がもっと深くまで己を満たすため、突きこむように腰を入れる。

「あぐうっ……！　んんん……」

呑みこみきれなかったうめきがほとばしる。さらに数度にわたって、剣崎様が肉のサーベルを撃ちこんできた。これ以上奥には入らないのになんども挑んでくる。

「吉祥……吉祥、おまえがこの上もなく愛しい。このような心持ちは初めてだ……。もうおまえなしの人生など考えられん」

「嬉しい！　僕も……僕もっ！」

僕は腰を上げ、限界まで足を開く。互いの肉をえぐりあう音が聞こえる。

僕は揺さぶられる振動にたまらずに、剣崎様の背にしがみついた。海軍で鍛えあげられた筋肉の感触を確かめるようにまさぐる。若くて張りのある肌の下の筋肉が彼の動きに合わせて勢いよく蠢いている。その律動を手のひら全体で感じとりながら、僕は目を閉じた。

そして彼の腕が僕の身体を包むように抱きしめ、嵐の海のように僕を翻弄しその熱いしぶきを、一番奥に放出した。

同時に達した僕たちは、快楽とけだるさのさざ波に漂う小舟そのものだった。互いを見つめあい唇を重ねる。のしかかっている剣崎様の重さも幸せの重みとして感じる。

「吉祥は特別に、私のことを少尉殿と呼ぶことを許す。この階級もそう長いことではないが、以後そう呼ぶように」

僕の髪を愛撫しながら、許可をくれた。

もしかして桜川先輩のことを忘れることができるかも……。もう、会うことなど叶わない人を思うなんて、そんな辛い思いはしたく、ない……。

日々、いろいろな旦那たちに身を任せているうちに、性戯など知らない幸せだった頃を思いだすのも辛くなっていた。心が拠り所を探し求めるようになっていた。もしかしてこの剣崎様なら、こんな不安定に揺れる僕の心を救ってくださるかもしれない。

最初から色子と旦那ではじまれば、隠しだてすることなどなにもないのだから。

　色子生活に疲れを感じていたのか、僕の中でそんな甘えが頭をもたげはじめていた。

「なにを考えている？」

「このままずうっと、二人でいられたら……世界中から人間が全部いなくなって、少尉殿と二人っきりになれたら、どんなに、幸せだろうって……」

　舌をからめとられ、僕はうっとりと目を閉じた。肉の奥が力を盛りかえす少尉殿の御男柱を直接感じとる。

「あ……そんな、まただなんて……」

「いやか？」

　彼の腕の中で小さく首を振る。少尉殿は僕に入れたまま軽々と抱きかかえ、そのまま隣の寝室にまで運びこむ。布団の上に降ろすと、僕の腿を抱え直し、立ち上がる。

　頭と肩だけが布団についている体位だ。不安定な格好でつり上げられ、敷布を握り締めると、それをもぎ離そうとするかのように、腰を前後左右に使い、僕を難破させかける。

「天気晴朗。風速やや強し。

　九時の方向に敵艦発見！　捕捉せよ！　全速前進！」

仄かなランプに浮びあがる少尉殿は、仁王立ちのまま海軍用語を使い、僕の体を右側に振り回した。敷布を掴んでいた手が、もぎ離される。

「敵艦、錨を上げました。十二時の方向に逃走を開始。当艦もただちに追跡を開始する」

前後に腰を激しく振りたくり、勃ち処を突きあげるから、少尉殿の御男柱を思いきり締めあげると、

「敵艦、砲撃を開始。当艦も応戦す！」

一点で深く接合した箇所を中心に、腰を回転させ、大波にうねる僕を撃沈させようとする。花筒をたくましいものでもみくちゃにされ、少尉殿の砲身で撃ち抜かれたように僕の御男柱が白旗ならぬ、白液を掲げた。

「敵艦撃沈確認。波間に捕虜発見。引き上げる」

僕の背が布団に戻る。僕の顔の横に手をつき、肉食獣のような目をして見下ろし、

「おまえを捕虜として身柄を拘束した。これからは私に忠誠を誓うんだ！　誓え！」

まだ萎えていない御男柱で、僕の一本道をゆっくりと往復させながら、服従を求める。僕は首を振った。すぐに服従してしまったら、僕の中に納まっている少尉殿の御男柱が爆ぜてしまうと思ったからだ。まだ二人に戻りたくない。一つになっていたい

のだ。案の定、怒りを露わにして再度、一本道を激しく往復する。

そして少尉殿は作戦を変更し、萎えたばかりの僕の御男柱に手を伸ばし、そこに攻撃をかけてきた。気をやったばかりのそこを刺激されると、息が詰まる。

「どうだっ！　これでもまだ服従を誓わないか！　ならば、これではどうだ！」

御男柱の裏側を爪でひっかかれ、僕の身体が若鮎のように跳ね上がる。たまらない攻撃についに、

「誓うっ！　一生、僕を愛奴にしてっ！」

少尉殿の雄叫びが響き、僕の中でたくましい砲身が火を噴く。僕も痙攣しながら、ふたたび気をやっていた。

それから僕たちは、何度も何度も壊れたように愛を交換しあい、ようやく眠りについたのは、冬の遅いお陽さまが、霜に反射して煌めかせる頃のことだった。

昼過ぎにやっと目覚め、腰が抜けたような僕に向かい雪風がポツリと漏らした。

「昨夜はずいぶん乱れていましたね。あの薬では、あそこまで乱れることはありません。剣崎様もたいへん吉祥を気にいってくださったようだし、肉の相性もかなりいいとみました」

雪凪が、ふいに声を落とした。

「いいですか！　万が一、彼が落籍してくれるというのなら迷ってはいけません。なにもかも忘れて、あの腕に飛び込みなさい。

こう言っては叱られますが、今までの旦那たちでは先が知れてます。まだ若い海軍将校なら、戦争でもない限り、この先何十年でも吉祥の援助者になれます。もっとも彼の場合、少尉、中尉で終わるような方ではありませんから、前線へ送られる心配もありません。

色子茶屋では、彼ほどの人物は百年に一度会えるかどうかの人です。

もしも、あなたが、生きてこの杜若楼を出たいと願うのなら、このことを肝に銘じて、『命綱』を……離しちゃいけませんよ」

僕の目を見据えて、雪凪が囁いた。生きてここを出たいのなら……少尉殿の手を取るしかない。選択肢は限られている。あと一年半で人生の選択をしなくてはならないことはわかってる。

昨夜、この苦界から這いあがるため、一番太くて安全な縄が、僕の前に落とされてきたような気がした。

杜若楼が開くまえに、螺鈿の色子たちと一緒に食事を摂っていた。どんぶりを抱えた市松が席を探しているのに気づいた。僕は空いたばかりの隣の席をさして呼んでみた。が、なぜか彼はプイと横を向いてしまった。そのまま市松は向こう側で手招きをしていた初夢の隣に座ってしまう。

あごを突き出し、まるで勝ち誇ったように僕を見た初夢に、僕は肩をすくめた。

いくら僕が瑞鳳を預かっているとはいえ、この杜若楼のすべての色子が、僕を好いてくれているなんて自惚れてなどいない。ただ、市松は柳藤様に水揚げされた色子だから、気になっていただけだ。そして、まるで僕を避けているような態度を取る彼に、少し寂しさも感じていた。

2

少尉殿が僕の旦那として名を連ねるようになった。その夜から僕の旦那を決める競りは、さらに競争率が増す。その壮絶な競り合戦が、杜若楼の名物にさえなった。

瑞鳳の色子などを買えない客たちでさえ、興味津々でその競りを見物し、それから分相応の螺鈿の色子を買ってゆく姿が、最近の杜若楼でよく見られる。

「今日も来てるよ、例の御大尽さんが」

「どの人だよ、検番前に八人もいるんだ。はっきり言わないとわからないだろ」

「あの背が高くて若い将校さんが、最近、三日と空けずに吉祥を射止めてるのさ」

興味深げにのぞき込みながら、噂話に興じる見物人たちの声が耳に入る。

「へええ、あの吉祥を頻繁に買えるなんて、何様だい」

「なんでも華族様の三男坊で、将来は海軍の偉いさんになる予定の人だってよ」

「じゃ吉祥を年季明けと同時に落籍しちまうのは、あの将校さんが大本命かい？

俺はまた、てっきり撚糸屋の赤堀様が持ってっちまうもんだとばかり思ってたぜ」

「あっ、でも今日も来てるぜ。最近あの将校に負けどおしで、商売も上の空らしいからなあ。吉祥に入れあげすぎて身代潰すんじゃないかって、もっぱらの噂だぜ」

「あんな大店の主人が、色子の股ぐらなんぞに金銀財宝そっくり注ぎこんじまうってのかい、馬鹿だね～」

周囲をはばからず大声で話に興じていた男の連れと僕は、目があった。彼は慌てて相棒の口を塞ぐ。

僕らにとって遠い世間では、赤堀様の行動は、かなり危険な行為として有名らしい。

最近、少尉殿に負けどおしのせいか、見違えるようにやつれてしまった赤堀様が痛々しい。もし今夜、赤堀様が僕を競り落としたら、注意したほうがいいのかな。よけいな世話かな。そんなことを思っている間に、競りが始まった。

「今宵の登録は八名様ですね。では、いつもどおり八十円（約十七万）から」

六郎様のよく通る低い声が、土間に響くと、見物人たちの間からどっと歓声が沸く。登録している七名からは、今夜こそ吉祥を射止めるぞという気概が満ち溢れている。でも少尉殿だけはいつもと変わりなく、冷静に僕を落とす瞬間を待っている。

それでも僕と目が合うと、ふいに腰をつき出し、脇になにかを抱えるような仕草をしてみせた。それがなにを意味するものなのか、すぐにはわからなかった。

わかった瞬間、僕は真っ赤になって下を向いてしまった。初回の夜、僕を逆さに抱えあげ、海軍ごっこをして乱れまくったときの体位をしてみせたのだ。

何度も絡みあい、正気ではとても言えないような恥語をくり返し言わされた。隣室には雪風が控えていることも忘れて、なんども互いの身体に、口に、手のひらに放出して、翌朝は腰が抜けていたのだ。

『一生、僕を愛奴にしてっ！』

恥ずかしい。けど、そのときの甘い屈辱感が甦る。疼く身体を押し隠し、少尉殿をにらんだ。彼はニヤリと笑い返すだけ。

そんな自信ありげな笑顔を見たとたん、少尉殿に向かって、心が弾んでしまう。そのやりとりの中で、赤堀様の思いつめている瞳が視界の隅に入った。

上目使いで暗い光を秘めている。その光に射すくめられたように、僕の表情が凍りつく。そんな僕に気づいた少尉殿の鋭い眼差しが、赤堀様へ向けられた。

八十三円……九十円……九十二円……。

今宵一晩の僕の値段が、うなぎ登りにつりあがってゆく。

「百円！」

赤堀様が叫んだ。周囲に一瞬水を打ったような静寂が広がる。六郎様が冷静にその場を仕切る。

「百円以上は？」

「百十円」

その夜、初めて口を開いた少尉殿が提示した金額に、周囲が沸く。

「百十三円！」

「百三十円」

少尉殿と赤堀様の一騎打ちになった。

「百三十二円！」

「百五十円（三十二万）」

赤堀様の拳が握り締められる。

「百五十五円……っ」

周囲はこの勝負に呑まれているのか、水を打ったように静かになる。思いがけない激しい競りあいに、当の僕でさえ固まっている。赤堀様の執着心と少尉殿の独占欲が見えない火花を散らす。

「百七十円（約三十五万）！」

息詰まるような勝負に、とどめを刺すように少尉殿が言い放つ。赤堀様の肩が落ちた。

六郎様が持っていた扇が、少尉殿に渡される。それに金を挟んで六郎様に渡す。今宵の契約は成立した。少尉殿が僕の肩を抱き、勝利を得た王のように堂々と正面の階段を上がってゆく。

土間でひざまずいたまま、肩を震わせている赤堀様が気になり振り返った。すぐさま、雪風と雲竜が立ちはだかり、僕の視界から赤堀様の姿を隠す。

（あなたの今宵の旦那は、赤堀様ではありません）

と、冷酷とも思える雪風の瞳が、黙って瑞鳳の部屋に戻ることを強要している。わかってる、わかってるんだけど……あんな赤堀様の姿を目の前で見せられたら、心が痛いよ。

　そんな僕の心を見抜いたのか、階段の途中で少尉殿が僕を抱きすくめ、

「今宵の勝者に、接吻しろ」

と要求する。ここでは土間に残っている競りの登録者や、見物人たちが注目しているのだ。少尉殿はそれがわかっていて要求しているのだ。

　僕らの様子に気づいた見物人たちが注目している中、彼の鋭い眼差しに吸いこまれるように唇を近づけ、勝者に褒美の接吻を与える。少尉殿がそんな僕をすかさず力強く抱きしめた。階下から舞台上の役者にむけるようなヤンヤの喝采が、僕をからめ捕る。

　舌が口の中に侵入し、縦横無尽に暴れ回る。後頭部に回された手で頭を固定され、彼の口中に引きずりこまれそうな勢いで舌を吸われ、苦しくて逃げだした舌を追いかけられ、僕の中でからめられ……白目をむきそうなくらい激しい接吻の嵐が吹きあれる。

「んんっ……んふ、はあぁっ……」

呑みくだせない二人の唾液が、僕の頬を滴り落ちる。少尉殿は思うがまま接する角度を変え、僕から意識を奪おうとする。

ガクッとひざから力が抜ける。一瞬、階段から落ちる恐怖にすくんだ僕を、少尉殿の腕があぶなげなく抱きとめてくれた。唇が離れると二つの舌でこねまくった唾液が、僕らの間に糸を引く。足に力が入らないから、抱きすくめられたまま、階段を昇り、瑞鳳の部屋へ進む。

階下からはりつめた息を抜く音と、僕らの濃厚な接吻に下半身を刺激された客たちが一斉に検番に押しかけ、色子を物色する賑やかな声が聞こえてくる。そんな喧騒の中で、赤堀様がどうしたのか、僕に知る術はなかった。


翌日の夕刻、見世が開くまえに強い視線を感じて振り向いた。市松が慌てて視線をはずす。

「頑張っているみたいだね。六郎様も誉めていたよ」

そう言い、肩に手を置こうとした。その手は乱暴に振り払われてしまった。

キッと睨みつけてから逃げ出す後ろ姿を見ながら、守りたいのに、心が通じない。そのもどかしさが胸を塞ぐ。

巷の銭湯などで語り種になりそうな競り合いをして、僕の身体をさんざん愛撫し、他の旦那たちとは比べ物にならないほどの絶倫ぶりを発揮した。にもかかわらず、少尉殿は翌晩も検番の前に立った。

そんな姿は、もはや吉祥の一番の贔屓客であるという自負に溢れている。彼が姿を現すと、競りの登録者がそそくさと姿を消す現象がみられる。

「今夜もあの二人を思いきり競わせるからな。競りの直前に、両方に視線を投げておけ。どちらが勝っても他の客をあおれよ」

昨夜の階段上の接吻は、予想外の売り上げを記録したらしく、六郎様は一日中機嫌がよかった。二匹目のドジョウを狙っているのか、二人の姿を確認したとたん、さっそく僕に耳打ちに来る。

その日も、ふたたび少尉殿と赤堀様が激突した。その二人の顔合わせは、それだけで見物人が倍増する。

六郎様が、今夜はいきなり百円から始めた。見物人たちの間からどよめきが起こる。赤堀様は少尉殿をにらみ据えたまま『百二十円』と値段をつける。

「百三十円」

少尉殿は氷のように静かに言い放つ。

「百五十え……」

「百六十円!!」

赤堀様が言い終わらないうちに、覆いかぶせるようにその上の値段を提示する。

「百九十……」

「二百円（約四十三万）！」

僕は怖くなって下を向いた。

とても二人の勝負を正視する勇気がない。おかしいよこんなの！　瑞鳳の正式な値段は、五十円（約十万）なんだよ！　なのに、どうしてそんな法外な値段をつけることができるんだろう。

「二百二十え……」

「二百五十円！」

昨夜以上の勢いで、値段がつり上がる。

「二百七……」

「三百円！」

もう止めてっ！　緊張が頂点に達し、叫びたいのに声が出ない。喉がカラカラになって冷や汗が吹き出す。

「四百円（約八十五万）だあっ！」

……。赤堀様が汗だくで叫んだ。さすがの少尉殿も赤堀様を凝視する。六郎様が赤堀様に扇を渡す。興奮して震えている手で札を取りだし、六郎様に払う。

赤堀様は、茫然としていた僕の手首を掴むと急いで、階段を駆けのぼる。六郎様に言われていた、他の客をあおる瞬間さえ与えられないほどの勢いだ。引きずられるように瑞鳳に入ると、赤堀様は後ろ手でふすまを閉め、僕に抱きついた。

「ああっ！　やっとおまえをこの腕に抱くことができたっ！　あの若造なんかに吉祥は渡さん！

おおっ、これだっ。この肌ざわりだ！　この芳しい香りだ！　吉祥だ。吉祥が今、私の腕の中にいる！」

せわしなく僕の身体中をまさぐり、さすりあげ、顔を首筋に埋め、鼻息荒く僕の体臭を嗅いだり、舌をはわせる。なぜだろう。僕は初めて赤堀様に対して嫌悪感を抱いた。

「あの若造におまえを取られてから毎晩、夢に見たよ。夢の中で吉祥が私の御男柱をしゃぶってくれている。このかわいい菊座の奥深くで、御男柱を締めつけ、私の欲望を搾りとってくれる夢を……」

「今宵、僕は赤堀様のものです。どこにも逃げませんから、もっとそっと……」

赤堀様らしからぬあまりの荒々しさに、恐怖心さえ沸き起こる。これでは赤堀様の店の心配をする前に、一度彼の精を受け止めたほうがいいと思い足を開いた。

「吉祥は、いつからそんなに淫らになったのだ！

あの若造の仕込みか！　旦那が足を開かせるまえに自ら足を開くように仕込まれたのか！　そうなのか？　えっ！　そうなんだな吉祥！

なんてことだっ！　あいつがおまえの贔屓客になってから、まだ数日ではないか！半年以上も吉祥を大切に見守ってきた私の仕込み以外を、そんなに簡単に受け入れたのかっ、この淫らがましい身体はっ！」

嫉妬に身を焼かれた彼は、平手で何度も僕の身体を打ちすえる。もはやなにを言っても、すべて歪んだ取り方をする。常軌を逸しているように、涙さえ浮かべてくやしがる赤堀様の姿に、どうしていいのかわからない。このままだと命の危険さえ感じた。

瑞鳳の閨房には、万が一のときのために枕元に鈴が置いてある。その鈴を鳴らせば、隣室にいる雪風か雲竜が飛びこんできて、助けてくれる。僕は鈴に手を伸ばしかけた。

ふいにその鈴に羽織をかぶせられ、伸ばした手をわしづかみにされた。思わず息を吞む。金剛に助けを求めようとしたことに怒りが頂点に達したのか、赤堀様は、僕をうつぶせにつき転ばした。腰を抱えあげ背後から、いきなりねじ込んだ。

「ひいいっ……ひぐうう、んん、痛っ。もう少しそっと……、お願いだから……」

何度も受け入れたことがあるこの御男柱は、あいかわらず思いがけない箇所をこすりあげ、僕を泣かせる。そのツボを知っている赤堀様は初回のときと同じ体位。僕の左足を肩に抱えあげ、僕の勃ち処を容赦なくつきあげる。

「やあああっ、堪忍してください！　あっ、いやあああっ！　イクッ……」

心とは関係なく、身体が絶頂を目指して駆けのぼる。それなのに赤堀様は僕の腰紐で、僕の御男柱をギリギリと締め上げた。

「ひいい、ひっ……痛あい！　許してっ、そんなにきつくしたら、ちぎれちゃうっ……、僕の御男柱がちぎれちゃう。堪忍っっ！」

あまりの痛さに、我を忘れ泣き叫ぶ。それでも赤堀様は腰を左右に揺さぶる。

どんなに交合いで泣き叫んでも、そういう交合いを好む嗜好の客に合わせるために芝居で叫ぶときもある。そのため、金剛は交合いの最中は、隣室で控えていても、瑞鳳の色子が鈴を鳴らさない限り、その部屋には勝手に入ることは許されないのである。

僕は羽織の下に隠されてしまった鈴へと手を伸ばそうとするが、乱暴なほどの力で引き戻され、抱きすくめられ、さらに激しく身体をぶつけられる。

しかし、急激に激した御男柱は、あっけなく僕の身体の一番奥で熱く大量のほとばしりを放ってしまった。そのことで気落ちしたのか、萎えてしまった御男柱を引き抜いてしまった。中途半端な不完全燃焼に、僕の心と身体にも、空漠感が吹きこんでくる。

（少尉殿だったら、こんなに簡単に気をやってしまうことはないだろうに……）

と、客を比べている自分自身に驚いていた。

背を向け、ぐったりとした僕の髪をすきながら、

「堪忍な。あの若造に抱かれるも、私に抱かれるも、吉祥の意志は蚊帳の外なのにな。わかってたはずなのに……。昨日、階段で接吻している吉祥を見たら、どうにも抑えきれなくて……」

「赤堀様、お店は大丈夫なのですか？　僕が言うことじゃないのかもしれないけど……、見物人たちが……。

万が一、お店が潰れたりしたら、今宵一晩だけのために、四百円も出させてしまった僕のせいなんじゃないかって……」

「優しい子だね、吉祥は。

でもおまえが心配することじゃない。みんなにかける迷惑は、私の所業が招いた結果だから……吉祥のせいではないのだ」

引っかかる言い方をした赤堀様に尋ねる。だが彼は一言も言わず、とびきり濃厚な接吻を求めてきたので、僕はそれに応じた。

吐く息が白く見えるほど冷えこんだ朝早く、不覚にも深く眠りこんでしまった僕になにも言わないうちに、彼は杜若楼から姿を消していた。

「吉祥を出せっ！」

階下から響いた怒声で目が覚めた。

下に降りていくと、十人ほどの男たちが土間でたむろしている。世間では朝だろうが、僕らの時計は、今は深夜近いのだ。

「まだ寝ついたばかりの色子もいますので、大きな声はご遠慮ください。……吉祥は部屋に戻れ！」

男たちの対応をしていた金剛が、うっかり姿を見せた僕を叱る。

「おまえが吉祥かっ！　正直に白状しろ。赤堀をどこに隠した！」

土足のまま僕に向かって駆けあがってきそうな男たちを金剛たちが押しとどめた。

「赤堀様は、僕が眠っている間にお帰りになってしまいました」

「どこに帰ったんだ！　相場で大儲けさせてやるからと俺たちから金をまきあげ、その金で夕べおまえを買って豪遊したというじゃないか！」

「どこに雲隠れしたのか知らないとは言わせないぞ！」

突然の成り行きに僕は面食らった。この人たちを騙した金で僕を買った？　そんな金で、僕を抱いた？

「あの詐欺師の店は、今朝七時をもって不渡り手形を出して倒産したんだ。債権者が押しかけるまえに、あいつの居所を教えろ！

でないとこれらの借金をおまえに肩代わりさせるぞ」

「この杜若楼の色子に、俺以外が借金を上乗せさせることは許さん！」

書き付けを振り回し、僕に掴みかかろうとした男を制止したのは、検番から出てきた六郎様の叱責だった。

「吉祥の身体に指一本でも触れたら、昼客と見なして八十円ずつ徴収させてもらうぞ！」

鋭い視線を左右に走らせながら男たちを牽制《けんせい》する。がっしりとした六郎様の体格から発せられる気概が、男たちの動きを封じこめる。それでも大金を騙し取られたと思われる男が、持っていた短刀をひらめかせて、僕に躍りかかってきた。

すさまじい力で突き飛ばされた僕が見たのは、短刀を腕にめりこませた雲竜の姿だった。短刀を突き立てた男が、雄叫びとともに引き抜くと、雲竜の腕から血がほとばしる。

「金剛っ！」

六郎様の号令一下、検番から金剛全員が飛び出してきた。一瞬のうちに僕は、用心棒も兼ねている金剛たちの壁に守られた。

僕は襦袢の袖を裂いて雲竜の腕に押しあてた。みるみる真っ赤に染まってしまう。すぐに雪風が僕から雲竜の腕を取り、手慣れた様子で手当てをはじめる。同時にあまりの騒ぎで起きだしてきた色子たちを、雪風が子供の見るものじゃないと叱咤し、奥に下がらせる。

「吉祥、本当に赤堀様の行方は知らないんだな」

六郎様の問いかけに、僕は金剛の壁の間から前に出て、知りませんと答える。その細く鋭い目を正面から見返しながら。

「このとおり吉祥は無実だ。俺は自分の楼郭の色子を信じるぜ」

思いがけない六郎様の言葉に、僕は彼を見つめた。その横顔は凛々しく引き締まっていた。

「色子なんか、嘘八百を平気で並べるやつらだろう。絶対に閨でなにか聞いているはずだ！　正直に言え‼」

「おまえたちの耳は、股ぐらに御男柱をはめられると、なにも聞こえなくなるんだろう！」

侮蔑をこめた言葉に六郎様の横顔が、ギリッと歪んだ。二人の胸ぐらを締め上げ、

「色子はなあ、そのほとんどが口減らしか借金のカタに親兄弟の手でここに叩き売られてきたんだ。あんなに細い身体を張って、命がけで仕事をしているんだ！」

六郎様の張りのある低い声が、入口で響きわたる。

「おまえらのような野暮天の客にあたっちまったら尻が裂けて、地獄の痛みを味わわされるんだ。

客から病気をもらって悶え死んだ色子だって数えきれねえ。年端もいかない子供でも、客の太い御男柱をしゃぶらされて口角が裂け、飯が食えなくなるやつだっているんだ。それでも、歯を食いしばって我慢してるんだ！

てめえらがあのくらいの年の頃、それほどの地獄を見たのかあ！

初めて御男柱をぶち込まれたときのあの痛みや屈辱は想像もつかないだろ。いい機会だ。てめえらの尻の底にも教えてやるぜ。地獄の業火で炙られるような色子の苦しみをなっ！」

六郎様が僕に刃を向けた男と、殴りかかろうとした男を、金剛の輪の中に突き飛ばした。三十人近くの金剛がいっせいに襲いかかる。男たちの服を引き裂く音と、生まれて初めて輪姦される恐怖にひきつった男たちの悲鳴が、客の待ち部屋に響きわたる。

「他に金剛に身体で支払ってほしいやつはいるか！」

目の前で猛獣の饗宴に晒されている仲間の鋭い悲鳴に、足音荒く乗りこんできたはずの男たちは蒼白になり、後ずさりを始める。

一人が逃げだした。つられるように饗宴に供された仲間を見捨て、みな走り出した。しばらくして猛獣の肉の檻から出された憐れな獲物たちは、二度とここへ取立てに来ないことと色子を侮蔑しないことを誓わされたあと、尻から血を流しながら、引き裂かれた着物の代わりに、華やかな色子の古着をまとって杜若楼から逃げだした。

雲竜は検番裏の座敷で手当てを受けていた。傷は見た目ほど深くないらしいので一安心した。そして六郎様の意外な面を見て、僕はなぜか嬉しくなっていた。

「吉祥は、怪我はないか」

「はい、雲竜がいなかったら、どうなっていたかわからないですけど……」

「あいつはこういうときのためにおまえにつけてあるんだ。あれが雲竜の務めだから気にするな。

　赤堀のことは……さっさと忘れろ。あの金も吉祥が騙し取った金じゃない。当然の報酬として支払われた金だ。俺の店の大事な吉祥の身体に対して支払われた、正当な金だ」

「六郎様も……色子を、してたんですか」

「……俺を誰だと思っている！

　よけいなことを考える暇はないだろう。おまえには、まだ三千円（約六百五十万）もの借金が残っているんだぞ。昨日一昨日のような競りあいはもうできないから、また堅実に稼げ」

　少しだけ優しかったのに……いつもの守銭奴の六郎様に戻ってしまった。

　涙ぐむ僕の頭をはたくと、

「この杜若楼は親から引き継いだものだったが、俺が十のとき、火事で焼失しちまったんだ。俺は色子になんかなる必要はなかったんだが、そんな甘えは許されねえ。楼の建築費を稼ぐため、五つ年上の兄と一緒に、とある華族の家に七日間、二百円で売られたよ。

そこの主人の変態息子の御男柱が初めてだった。

二十歳すぎのやつだけでなく、そいつの友人たち六人に輪姦されたこともある。布団は毎晩血だらけになった。

その変態は、俺と二つほどしか年が変わらない末の弟の目の前で俺を犯しながら、

『いいか、これが最下層の人間の姿だ。

こうして男のものを尻の奥まで咥えこんでよがって、腰を振る最低層の姿だ』

と言い、そいつの筆下ろしにも、俺のケツを使いやがった」

悲惨な体験を淡々と語る。こうして語れるようになるまで、どれだけ心がきしんだことだろう。

「家に帰れる前夜に、やつらが悪魔になった。

『一度でいいから屍姦をやってみたい』と。

俺たちの命なんて、華族のやつらからみたら虫ケラ以下だってことは、初日からケツの底でわかってたけど、そこまで蔑まれてるなんて思ってなかった。

やっと友人の二人は、兄の中に二本ひねりこんで決行することにした。

限界以上に開かされた兄のそこから血が滴り落ちていた。悲鳴と助けを求める兄の

声が聞こえた。けど、俺もそのときは隣のベッドで男を背負う形でぶちこまれていて、自分のことで精一杯だった。

兄を挟んで、彼らは好き勝手に腰を使い、兄があげる絶叫を聞いて、ますます興奮してやがった。

急に兄の悲鳴がおかしくなったから必死で顔を上げて見ると、そこにいた悪魔たちは兄の首に緑色の綸子の腰布を巻きつけて、その先を互いにひっぱりあい、兄を犯しながらくびり殺している最中だった。

舌を突きだし、思いきりのけぞった兄の喉がヒクヒク痙攣しているのが見えた。泡を吹き、苦しそうに涙を流しながら俺を見た兄の瞳は、そのあと何年も夢で俺を苦しめた。兄に向かって伸ばした手も俺の尻を占領していた男が引き戻した。

『よいぞ』だの『締まるっ』などほざきながら発情期の犬みたいに腰を動かしてる悪魔たちは、笑いながら兄を犯し、断末魔の収縮を待っていた。

兄の身体が硬直し、男たちがうめき声をほとばしらせると、糸が切れた人形のように兄が崩れ落ちてしまった。涙をいっぱいに溜めたまま開いていた瞳が、ガラス玉みたいだったのを覚えている。

『やっぱり断末魔の締まりはたまらないものだ』といいながら御男柱を引き抜いて、

まだ温かい兄の遺体に汚ねえ精液をかけやがった……」

六郎様は、髪をかきむしりながら悔しがった。落ち着こうとするかのように大きく息をつぎ、さらに言葉を続ける。

「今回の件を訴えないという約束のもと、そいつの親から渡された金で、今のこの杜若楼が建った。兄は杜若楼の人柱になったようなものだ……。新しくなった杜若楼の紅殻格子も、当時の俺には、兄が流した血の色にさえ見えた。

なあ吉祥、その変態息子、いったい誰だと思う」

「さあ……華族の知人なんていないし、そんな残酷な人は僕には見当もつきません」

「……松風の父親だ」

僕は口を押さえて、かろうじて悲鳴を呑みこむことができた。彼の細い目が僕の反応を窺うようにじっと見つめる。僕はすべての表情を押しこめるのに必死だった。六郎様はそんな僕を見てふっと笑うと、言葉を続ける。

「それから二十年後、聞き覚えのある華族様から、内々に甥を売りたいといわれ、乗りこんで行ったよ。

案の定、やつの家だった。

だが当の本人は人に騙され、借金を苦に自殺していたから、その弟が俺を迎え入れた。案内するという弟に俺は、昔色子を殺した部屋に連れてこいと厳命した。いぶかしんだ弟の顔を札束で叩きながら言ってやったぜ。

『てめえの筆下ろしをしてやったケツを忘れちまったのかい！　小指みてえな御男柱を、咥えこんでやっただろう。俺のなかでイッたあとおまえに蹴りとばされたケツが思い出したように疼くぜ』

ってな。やつは蒼白になって甥をその部屋へ連れてきた。

その甥を一目見て、こんな悪戯はねえぜって叫びたかった。その甥の顔が、二十年前、そこでくびり殺された兄にそっくりだったんだ。

やつの弟は、甥はまだ十歳になったばかりだから、ひどい乱暴はしないでくれと哀願したが、俺があのとき乱暴されたのは十歳だったんだ、と引導を渡し、弟の目の前で、あの男の息子を思う存分犯したのさ。

菊座が男を知ってしまったこの身体には、百円の価値しかねえんだよと、一枚だけテーブルに叩きつけ、今度は松風をここの人柱にしてやるつもりで連れ帰ったのに……あとはおまえも知ってるとおりだ」

「六郎様は……本当はとっても松風さんが愛しかったんですよね？」

六郎様はうつむいたままで、返事はなかった。震えているその肩に綿入れの半纏を

かける。彼はその半纏を握り締めながら、

「吉祥は不思議なやつだな。こんなこと、この三十年、誰にも話したことなかったのに……おまえなんかに簡単に口をすべらせるなんて」

「なにも……聞かなかったことにしますね」

「そういうことだ」

色子に向けられた侮蔑の言葉が、六郎様の逆鱗に触れた。そのいきどおりが収まったあと襲ってきた辛い記憶が、残酷なほど鮮やかに蘇ってきて、誰かに言わずにいられなかったのだろう。

検番裏の座敷に、静寂が流れる。

僕はほの明るい障子戸に、なにかがヒラヒラとたえまなく映るのを発見した。不思議に思って、障子戸を開けると、粉雪が舞い降りている。

「ずいぶん寒いと思ったら、雪ですよ、六郎様。積もるのでしょうか？」

路地裏にあたるその窓から見える空は、低くて長い屋根に邪魔されて狭い。それでもその白い雪がとても優しく思えて、身を乗りだして灰色の空を見あげていた。手を伸ばしてみても、雪には触れられないってわかってるけど……。

だが僕がくしゃみをしたとたん、六郎様が駆け寄って僕の腕を引っぱり、障子戸を閉めてしまう。

「おまえに風邪をひかれたら、大損だ。

そんな薄着で外に乗りだすなんて、自覚がないぞ。それになんだその目の下のクマは。寝不足は肌を荒らすということを知らないわけじゃないだろう。

さっさとあったかい格好をして寝ろ！

……雪風に生姜湯を運ばせてやる」

「ありがとうございます」

ぶっきらぼうな優しさに礼を言い、ぬくもりを抱きしめたような心地のまま階段を上がった。

部屋の火鉢にはすでに火が入れられていて暖まっている。それに手をかざして炙っていると、雪風が生姜湯を持ってきた。

盆の上に乗っていた生姜湯の隣に、雪ウサギがのっていた。思い掛けない訪問者に驚き、

「これ、雪風が？」

「六郎様が言ってたので……。吉祥が雪に触りたがっていたと。それが溶けきるまえに眠ってくださいね」

雪風は少し視線をはずしてそう答える。降ったばかりの雪で作られた白い身体に、南天の実の赤い瞳、緑色の長い耳はその葉で作られていた。あまりにかわいいその姿に、僕は雪ウサギを火鉢から遠ざけた。

「風邪気味なんですって？　大大丈夫ですか」

「一度くしゃみをしただけ。六郎様も過保護すぎだよ」

そう言いながらも生姜湯に口をつける。

「すぐに身体が温まります。布団に入ってください。瑞鳳は一度身体を壊すと、一気に螺鈿にまで転落しますから油断は禁物なのです。だから六郎様もあなたの身を案じてくれているんですよ。過保護だなどと言ってはいけません」

「ごめんなさい。……ひとつ聞いていい？」

「私で答えられることでしたらどうぞ」

「雪風は、どの部屋にいたの」

「……ここですよ」

「ええっ！　落籍してくれる旦那とか全然なかった……はずないよね？」

「寝物語をひとつしてさしあげますから、布団に入ってください」

言われるまま僕は生姜湯を一気に飲みほし、布団にすべり込んだ。雪風は引き寄せた火鉢で手を炙りながら、子供にしてやるようにゆっくりと話しはじめる。

「十七の春に年季が明ける色子がいました。没落士族の子供で、七つの年にこの苦界に身を堕としました。十年かけて借金を返し終わりました。

年季明けの三か月ほど前から、たくさんの旦那が手替え品替え、落籍の話をその色子に耳打ちしました。けれどその色子は、十五のとき、運命の相手とはすでに出会っている、という愚かな錯覚をしていたのです。

相手は、財閥や大店のぼんぼんというほどではありませんでしたが、まだ若くて気のいい、職人の親方の息子でした。月に一回だけ自分を買ってくれるその旦那が囁く閨約束で、『一日も休まず働いて、きっとおまえを落籍するから待っていろ』と言われ、嬉しくてつい本気にしてしまったのです。

ところが彼は、明治三十七年の日露戦争に一兵卒として徴兵され、……まもなく彼の消息が途絶えました」

雪風の言葉が途切れる。でも僕はその先を促す言葉が出てこなかった。しばらくの沈黙のあと、ふたたび言葉を綴り出す。

「知ってのとおり、ここでは外の情報は旦那が話してくれる言葉だけです。その旦那たちに他の男のことを尋ねることなど許されるはずがなく、ただ胸を詰まらせたまま、その身を売る日々が続きました」

そのときの思いが蘇ったのか、雪風の秀眉がきつく寄せられ唇を噛みしめる。

「あの人が死ぬわけない。私を落籍してくれると誓ったあの人が銃弾を浴びて、極寒の地で屍を晒すはずがない。この杜若楼で待っていれば必ず迎えに来てくれると、ただそれだけを信じて待ちました。

もしも誰かに落籍されてしまっては、あの人は私を見つけられない。そう思い、あの人が迎えにくるまで、年季が明けても金剛としてこの杜若楼に残りたいと、六郎様に土下座して頼み、瑞鳳専門の仕込み金剛として、ここに置いてもらうことができました。

年季が明けて一年、二年……。金剛になったその色子は、黙って待ち続けました。が、すでにほとんどの兵隊たちは復員していると聞き、さすがに諦めようかと心がぐらついたのです。

ちょうど……今日のように初雪が舞った日でした。

世話をしていた瑞鳳の色子の足袋を買いに出て、寒いから近道をしようと神社の境内を通りぬけたとき、目の前に……彼がいたのです。そのときは神様が見せてくれた幻だと本気でそう思いました。そうでなければ他人の空似だと……。

赤ん坊のお宮参りをしていたのです。彼の横には小柄な女性が、幸せそうに微笑みながら立っていました。

彼が金剛に気づいて、赤ん坊を抱えたまま近づいてきました。逃げ出したいのに、その金剛の足はビクリとも動くことができず、彼によく似た赤ん坊の顔を見せられました。

彼が通っていた頃、その金剛は瑞鳳でしたから、今は当然、誰かに落籍されたと思ったのでしょう。

『おまえは、いま、幸せか……』

と尋ねられました。

その残酷な問いに金剛は、精一杯微笑んで『幸せです』と答えました。

ずっとあなたを待っていたとは言えませんでした。色子相手に毎晩交わされる、戯言のようなその場限りの閨約束など、本気にするほうがいけないのですから……。

幸せそうな家族が家に帰ってゆく後ろ姿を見送って、杜若楼という名の生き地獄に逃げ帰り、検番裏の座敷で初めて声を上げて泣きました。

自分の愚かさと、この生き地獄にしか帰ってこれない惨めさにうちのめされ、泣くしかありませんでした。

……吉祥はそんな金剛になってはいけませんよ。誰よりも幸せにならなくては、松風や安宅に申しわけないですからね」

静かにそう告げた。そのときの彼の瞳に、諦めの光はなかった。なにかに希望を見いだそうとするような光がともっていた。

雪風が暖まった空気がもれ出さないように僕の布団の肩口を押さえると、思い出したかのように、

「初夢の落籍が、ほぼ本決まりになりました」

「山藤様ですか?」

僕が初めて杜若楼に来たとき、その人に落籍されることを望みながらも、泣く泣くほかの客の相手に戻った背中が痛かった。

「いいえ、河瀬様です。初夢のあの気の強さの中に秘めたもろさが気にいっていて、十日に一度は指名していましたから。河瀬様なら初夢は、わがままを言いながらも、幸せになれるでしょう」

彼と初めて会った時、逃げ出していたあの客だと思い出した。本人が望んだ人とではなくても、愛を与えられて幸せになれることもある……そんな雪風の言外の言葉を

噛みしめる。

「初夢のあと青蘭には誰が上がるの？」

「経験は浅いのですが市松が有力です。吉祥はどう思いますか」

「頑張ってるよね。毎月の客数を集計した帳簿を見せてもらった。市松は水揚げのとき、ずっと泣き叫びどおしで、どうなるものかと思ったけど、今じゃ螺鈿でも一、二を争う人気だし。

　市松なら青蘭もりっぱに務めるよ。僕が保証する」

「心強い言葉です。二、三日内には正式に発表があるでしょう」

「市松が青蘭にあがったら、早くあの子を幸せにしてくれる客に落籍してもらえるといいね。雪風もそう思うでしょ？」

「ええ。どうしてでしょうねえ、瑞鳳よりも青蘭の子のほうが、幸せになれる確率が高いのですよ。でも十人に一人くらいは瑞鳳でも幸せになれる子が現れるんです」

「十人に一人？」

「雪風、松風、安宅……。わがまますぎて金剛を足蹴にするぐらい朝飯前の色子は、その金剛たちが金を出しあって落籍し、年季明けの翌日から金剛全員に輪姦され続けて、三日で息絶えたのが白龍。病を伝染されて全身に薔薇の花びらのような発疹を浮かび上がらせて狂い死んだ光流、落籍されることを内緒にしていたと嫉妬に狂った旦那に、メッタ刺しにされた若王……。

だからこそ、吉祥には誰よりも幸せになってほしいと願う私の気持ち……わかってくださいね」

「杜若楼の下を掘ったら……金と同じ量の血と涙がでてきそうだね」

雪凪はそれにはなにも答えず、懐から小さな缶を取りだし、

「雪ウサギが溶けてしまいました。休んでもらうつもりが、思いがけず長話になってしまったようです。申しわけありません。飲みますか？」

僕はうなずいた。すると雪凪は小指の先に缶の中の茶色の粉末をつけ、僕の口元に近づけた。そっとその小指を含み、少し苦いそれを舌の上に載せて、ゆっくり唾にからませて喉の奥に流しこむ。

「ゆうるりとおやすみなさい」

雪凪が調合した薬はほんとうによく効く。ほどなく僕は、吸いこまれるように深く眠りについていた。

その夜、当然のように少尉殿が僕を射落とした。昨夜の屈辱を忘れるかのような勢いで僕の中へ御男柱を納め、

「ここかっ！　ここが夕べあの親父の御男柱を咥えこんだのかっ！」

「堅い……っ、ひいいっ、少尉殿の御男柱が堅いですっ……優しく、してくださ……お願い……ああっ、そんな……裂けるう」

競りに負けたあと、少尉殿はかなり悶々と過ごしたらしい。僕が奥底まで彼の大きな御男柱をぎっちりと咥えこんでいるというのに、さらに指も嵌入させ、勃ち処を乱打しながら腰を前後する。

「痛いいっ……クッ……あああ……やだあ！　抜かないでっ！　だめっ！」

もう少しだったのに、宝物が乱暴に引き抜かれてしまった。たまらずに自分から腰を蠢かし、再度、御男柱を奥深くまで満たしてくれることを望んだ。

先端から透明の涙を滴らせる半勃ちの僕の股間を、少尉殿はわざと晒す。膝で僕の下肢を押し分け、両手を左右に開いて拘束した。激しい眼差しで僕を見下ろしている。

少尉殿の股間は、腹を叩くほどいきり立ったままだ。それが欲しいのに……と少尉殿の御男柱を見つめ、内股の一番柔らかなところで、堅く引き締まった太腿をさすって御男柱のおねだりをする。ふいに右手を股間に導かれ、

「あの親父にどんなことをされたんだ！　吉祥のここをどんなふうにいじくられたのか、やって見せろ！」

ヒクヒクと息づく菊座に僕の指をあてがい、中に入れていじることを強要する。僕は激しく首を振る。

「できません……。許して……」

「うるさい！　入れろ！」

中指を立てさせられ、指先を嵌入させられてしまった。

熱い……。初めて自分の指を呑みこんだそこは、その刺激を喜んで受け入れてしまう。自分の淫らさを認めたくなくて、そのまま硬直していると、少尉殿が手首を握って指先を深く突き入れさせる。

「見ろ！　深く入ったじゃないか。そのまま中で指を曲げてみろ」

自分を犯している倒錯した空気が満ちる。言われるまま狭い肉を裂いてもぐりこんだ指を少し曲げてみた。

「はうう……っ！」

この行為は、今までたくさんの旦那にされてきた。でも自分の指でやると、それだけで腰が跳ねる。

「気持ちよさそうじゃないか……。あの親父にそうされたのか？　よかったのか？感じたのか？」

「いいえっ！　こんなことしてない……。

　僕は少尉殿の御男柱が欲しいんです！　だからこれ以上いじめないで……、来て、僕に……はめてっ！」

　少尉殿が僕の指を入れたままのそこに来てくれた。空いていた僕の左手を掴んで、僕の御男柱に絡みつかせると、律動に合わせて一緒に擦ってくれる。

「ひいいい……こんな、こんなの初めてっ、御男柱狂いになっちゃいます！」

「狂え！」

　僕の中を王様のように堂々とえぐりまわし、突きあげて僕をのけぞらせる。指と一緒に御男柱が暴れ回る。僕自身も激しくしごきたてられる。身体を倒した少尉殿は、僕の胸の茱萸を爪で強く挟み、そのまま左右に動かして転がす。

「あぎいい……っ」

　三点を同時に責めたてられ、叫びとともに性欲が弾け散り、のけぞるのに……少尉殿は僕の中で勃起したままだ。思いきり収縮してからむ僕の肉から、粘膜を裏返しそうな勢いで無理やり引き抜いて仁王立ちになると、ビクビク暴れるその砲身から噴き出した熱い男汁をすべて、僕の胸や頬にぶちまけた。

二人の汁と汗の匂いが立ちこめる。手足を投げ出したまま脱力している僕の胸に、少尉殿の手が伸びてきた。ゆっくりまさぐりながら僕にのしかかり、首筋に顔を埋め、

「欲しいものが手に入らなかったのは、生まれて初めてだった……。

腕の中に吉祥がいないことが、これほどまでに身を焼かれることだなんて、思ってもみなかった。

今ごろ吉祥はあの親父の腕に抱かれてのけぞっていると思うだけで、胸が……」

言いながら少尉殿はギュッと僕を抱きしめる。

「かきむしられているようだった……」

耳を甘く噛みながら、息を吹きかけて囁く言葉が切なくて、少尉殿の頭をかき抱いて彼の短い髪に接吻した。

「僕もあのあと、少尉殿がほかの色子や女郎を買って、その人の中に、この御男柱を入れてるんじゃないかって……胸が塞がれそうだったんです……。

少尉殿の御男柱は、僕だけのものだ……誰にも取られたくないって……。色子のくせにそんな大それた思いを抱いてる僕を……許してくださいますか」

言っているうちに涙がこぼれてきた。少尉殿が唇で吸ってくれて、そのまま接吻をくださった。

「俺も吉祥を誰にも触れさせたくない。本当は俺がここに来れない夜は旦那を取らせたくない。俺以外のことすべてを、この頭にも胸にも考えさせたくない。

この俺が、必ず吉祥を落籍してやる。俺を待つと誓え！」

「僕を……幸せにして、くれる？」

強い力を秘めた瞳をのぞきこみ、しゃくりあげながら尋ねると、

「誰に聞いているんだ。……誓え！」

「待ちますっ！　少尉殿だけの僕になれる日を、待ってます！」

その言葉に、少尉殿は今までで一番力強く抱きしめてくださった。

あなた以外のことを考えられなくしてください。この身に起こったすべてのことを、すべての感情を、忘れさせてください。桜川先輩への思いもすべて……押し流すくらい愛して……ください。

触れあう肌から伝わる体温に、優しく包まれて僕は眠りに落ちた。

初夢がこの杜若楼を出ていった。

髪を短く切った初夢は、ニコニコした河瀬様を尻目に、あいかわらず、ツンと前を向き、河瀬様が揃えてくださった草履を当然のように彼の手で履かせて、土間に立つ。ふいに僕らのほうに向き直った。

「吉祥、……ここではあんたに負けちゃったけど、ここから出たら、僕はあんた以上に幸せになってやるんだからねっ！

勝負は棺桶に叩きこまれる瞬間までつかないんだよ！　覚えといで！」

初夢らしい挨拶を叩きつけ、瞳を子猫のように輝かせると、その細い体を河瀬様の腕にからみつかせて杜若楼の長い暖簾をくぐった。色子時代には踏むことさえ許されなかった土の上で二、三回、元気に跳びはねる真新しい草履。それが、長い暖簾の裾から見えた。

「生きて、出れたぞおっ！」

涙に震える命の叫びが耳を打った。

僕がここに来てから松風さんたちを含め、すでに十以上もの棺桶を裏口から見送った。敷居の外の、雪が残ったあの土を踏むこと。それは框の上から彼を見送っている色子全員の、最低限の望みだった。

辛そうに下を向いてしまった色子たちの頭を、軽くはたきながら、

「さあっ、みんなも新しい草履を履いて、あの土の上で飛び跳ねてやろうなっ！　次は誰が跳ねるんだ？」

「僕っ！」

まだ十歳の初花が、その大きな瞳をさらに大きく開いて手を挙げた。僕のすぐあとから口子としてここに来た子だ。

「そうか、早くいいご贔屓客を見つけて、ここから出ような」

「僕、ご贔屓客はいらないんだ。だってもうすぐ父ちゃんが迎えにくるんだもん。ここを出たら尋常小学校に戻してくれるって父ちゃんと約束したんだ。大人になったら大工になるんだ。だからいつか吉祥様の家も僕が建ててあげるからね」

「そうか、そのときにはよろしく頼むよ」

「もちろんだい。そのときには絶対に親方になってるから。吉祥様なら半額だい！」

弾む嬉しそうな声を聞きながらも、内心、そんな話、聞いてないな……という不安が胸に広がるのを抑えきれないでいた。

その日の夕方、青蘭に上がることになった市松が挨拶に来た。

「今宵から青蘭に上がります。よろしくお引き回しくださいませ」

「螺鈿と違って、芸色子も預けられたり新しい色子の世話もあって大変だろうけど、市松なら務まるはずだよ。頑張って」

「吉祥様も僕を推薦してくれたって聞きました。ありがとうございます。

あの……少しだけ、いいですか？」

うなずくと、うつむいていた市松は、キッと顔を上げ、

「僕が水揚げされたとき、痛くて苦しくて、こんなに助けを求めてるのに助けてくれないのは、誰もいないからだって思いました。なのに、みんなふすまの向こうにいたじゃないですか。あのときはなんてひどい人たちだろうって思いました。

螺鈿部屋で吉祥様がドロップ持ってきてくれて優しくされて、とても嬉しかった。でも、そのときも抱きしめてはくれたけど、一言も慰めてくれなくて、吉祥様は冷たい人だって思ってしまいました。

僕たちは一晩に何本もの御男柱を抜かなきゃならないのに、吉祥様は一人だけ相手にして、しかも高いお金で買われてて……、ずるいって思ってました」

市松の正直な思いを、僕は黙って受け止めた。

「でも純耶の水揚げのときだった。汗だくで真っ青になって離れから戻った吉祥様を見ました。

純耶は仕置き水揚げだったから、僕のとき以上に乱暴な水揚げだったと思います。螺鈿部屋で泣いている純耶の声がかすれてたから、きっとものすごく叫んだんだってわかりました。その叫びをふすま一枚向こうで黙って耐えて、最後まで聞いていなきゃならないなんて、僕には我慢できないって思いました。

僕、寝たふりしてたけど、その後、やっぱり吉祥様はドロップ持って、純耶の枕辺に訪れ、泣きじゃくっていたあいつを黙って抱きしめてくれてましたね」

なにかを思い詰めたように言葉を切る。そしていきなり頭を下げた。

「……吉祥様はひどい人でも冷たい人でもありませんでした。

あの痛みも悔しさも全部知ってるから、言葉が出なくなってしまうんです！　僕らを買った客たちが毎晩囁く数千、数万のうわべだけの言葉の無力さを知ってるから、黙って抱きしめてたんだってわかりました。

螺鈿は確かに大変でした。でも客がいない間は眠ることが許されます。でもっ、吉祥様は、昼間行われる水揚げにも立ちあわなきゃならないし、初夢さんのときも、あのままだったら、きっと、みんな部屋に帰ってから泣いていたはずです。でもあのあと誰も泣いたりしてませんでした。螺鈿部屋のみんなで、負けないぞって励ましあいました。吉祥様は旦那は一夜一人だけど、そのほか八十人近い僕らすべてを相手をしてるんだって感動しました。

そんな吉祥様が、僕を推薦してくれたんだって六郎様から聞いて……びっくりして、でもすごく嬉しかった。水揚げのあと、僕を抱きしめながら、一度だけ、小さな声で言ってくださった『守るから』って言葉、嘘じゃなかったんだって。

本当は、僕……、吉祥様みたいになりたくて、螺鈿部屋で頑張ったんだ！」

まっすぐ僕を見て告白する市松の瞳を見て僕は安心した。苦界に身を置くうちに、瞳が濁って生気を失ったような表情をする色子が何人もいる。でも市松はまっすぐ視線を向けてくる。

「僕のまえに瑞鳳にいた人が言ってた。守るモノがあるやつは強いんだぞ、って。だから市松が僕を強いって思ってくれていたのなら、それは市松たちがいたからだよ。

市松にも守る人をあげるよ。僕が崩れそうになったときには、助けてくれるかい？」

「吉祥様でもそんなときがあるんですか？」

心底から驚いたように聞き返す。

「雪風に、こうして眉間にしわを寄せられて、吉祥は泣きすぎですって、叱られてばかりいるんだよ。蒸し手ぬぐいを、何枚用意しておいたらいいんですかって……」

「今度、僕の蒸し手ぬぐいを貸してあげますね」

真剣に答える市松がかわいくて、頭を撫でてしまう。今度は振り払われない。

「初夢さんに言われちゃいました。絶対に吉祥を追い越すんだぞって……。あいつきっと落籍してくれる旦那選びで失敗するから、そのときを見逃すなって……。

あ～あ、ばらしちゃいました」

真っ赤な舌を出しながら、無邪気に言う。

「市松なら、きっと私以上の瑞鳳になれるよ。だからぜひ、私を追い越してくれ」

「吉祥、もう食事を摂らないと間に合いませんよ」

階下から上がってきた雪風の言葉にうながされ、僕らは階段を下りる。

「オカズ、まだ残っているかなあ」

市松の言葉が現実味を持ってくる。螺鈿部屋が静かなのだ。僕らは顔を見合わせ、慌てて階段を駆けおりた。

寒かった冬の空気も温み、ようやく桜が蕾を見せはじめた頃、悲しい出来事が起こってしまった。

3

大正八年は去年に引き続き、さらに不景気が深刻化した。六年には六円（一万八千円）だった米価が今年は二・五倍の十四円六十銭（四万五千円）にも急騰した。そのため各地で米騒動が頻発しているのだ。

少尉殿がぞんぶんに情を交えあったあと、僕の髪をすきながら、教えてくれた。杜若楼の外で起こった出来事には、ずいぶん疎くなってしまった気がする。それでも今の僕には、この人の腕の中がすべてだった。

今日もまた色子の水揚げがあった。先週もあったばかりなのに……。不景気に比例するように、売られてくるのだと六郎様が言う。仕方ないことだとわかってる。でも、やはり血と涙、そして身を絞るような嗚咽は好きにはなれない。

離れから続く渡り廊下を歩き、ふと、杜若楼の広い玄関先を見て驚いた。初花が身を乗りだすようにして、優しげな春風が吹いている外を見ている。

「初花、なにをしてるんだい？　今は眠る時間だろ。昼客もいないのにそんな所にいると叱られるよ！」

　初花が驚いて振り返った。僕と目が合うと、子供特有の身軽さで、框に跳ね上がってそのまま逃げようとする。

「こらっ！　足を拭かなきゃだめだろっ！」

　初花の襟首を掴まえて押さえこみ、手ぬぐいで足を拭ってやる。

「裸足のままで土間に降りているところを六郎様や金剛に見つかったら、ひどいことになるんだよ！　わかってるだろ！」

　許可なく敷居の外に一歩でも出たら、それだけで足抜けとみなして手酷い仕置きを受けることになる。いくぶんきつい口調でたしなめ、二、三発、尻を打ち据える。

　初花はその大きな瞳で僕を見返しながら、

「春になったら、尋常小学校に戻るんだ。父ちゃん、早く迎えにきてくれないと間に合わないのに……」

「迎えにきてくれたらすぐに六郎様が検番に呼んでくださるから、おとなしくして待つんだ。

さ、見つからないうちに部屋に戻ろう」

「父ちゃんが来てくれたら、もうアレをしゃぶらなくていいんだよね。息を詰まらせなくっていいんだよねっ。金剛たちに叱られなくてもいいんだよね？

父ちゃん、僕の草履、忘れないで持ってきてくれるかなあ……。もし忘れてたら、僕、裸足でうちに帰らなきゃならないのかな」

色子には履物がない。必要がないからだ。履物をはけるのは、ここから無事に出ることができたときだけだ。手を引く僕を見上げながら尋ねる初花。この子が春にここから出るという話は、僕は誰からも聞いていない。だから、うっかり大丈夫だよと返事ができず、その小さくて柔らかい手を握りかえすだけだった。

それから二、三日後だった。

突然、階下が大騒ぎになり、その騒ぎで昼過ぎに目が覚めてしまった。六郎様がなにかを大声で叫んでいるのが、この三階にまで響いてくる。彼のすさまじい怒声にさすがに気になり、まだ眠くておぼつかない足取りで検番に向かった。

「あいつの足じゃ、まだそんなに遠くには行ってないはずだっ！　絶対逃がすな！必ず俺の前に引きずってこい！」

「初花の家は多摩だ。甲州街道を塞げば網にかかる！　借金がまだ八百円（約百万円）も残ってる身体だぞ！　今逃げられたら大損だっ！」

　相田までもが、ソロバンを振り回しながら叫んでいる。

　市松や螺鈿の色子たちまで起き出していることに気づいた六郎様が、さっきまで目を血走らせて叫んでいた勢いそのまま、

「おまえたちは部屋から出るな！」

　と怒鳴りとばす。その見幕に幼い色子たちが涙ぐむ。僕はそんな彼らの背中を押して部屋に戻らせる。市松も残りたそうだったが、ここは僕に任せてもらって、二階に戻らせた。

「六郎様、なにが起こったのですか」

　六郎様は憎らしげにその鋭い眼差しを僕に向けていたが、

「初花が逃げた。二、三日前、おまえとここで話をしていたな。そのときなにを話していた！」

　初花の足抜けの話は当然だが、誰も見ていないと思っていたあのわずかな接触を知っていた六郎様の千里眼のものすごさに、僕は言葉を失っていた。

「なにか聞いたんだな！　初花はなんと言っていた！」

「父さんが草履を持ってきてくれるだろうかって……」

「草履を？　なぜだ！」

「もうすぐ迎えにくるって」

「そんなわけないだろう。あいつは一生奉公の色子として、八百円（約百万）で買い取ったんだ。両親の覚え書きもとってあるんだぞ。

三年後に水揚げしたら、青蘭に上げるつもりだったんだ。それを……。

覚えてろよ、あのガキ……。金剛色子にして地獄の底を見せてやる」

目をかけていた色子に裏切られた悔しさは、半端ではない。かわいさあまって憎さ百倍……。松風さんのときもきっとこうだったのだろう。

『稼げる色子には優しいよ』

松風さんの言葉の裏には、六郎様を裏切った色子には、徹底的な制裁を加えずにはおかないんだよ、という意味があったんだ。

その幼さゆえに軽はずみな行動をおこしてしまった初花への怒りと、六郎様の残忍さに胸を押し塞がれながら、僕は金剛たちが走り出していった玄関先を見守っていた。

雪風が洗濯物を持って上がってきた。僕付きの彼は、捜索に加わらなくてもよかっ

たらしい。手際よく簞笥に納めている後ろ姿を見つめながら、

「雪風、金剛色子って、なに……？」

「誰が言ったのですか、そんな言葉……」

僕のほうを見ずに問いかえす。その間も仕事の手を休めない。

「初花を、金剛色子にしてやるって六郎様が言ってた……」

「一番重い仕置きのひとつで、……金剛部屋に繋いで、彼らの性欲処理専用の色子にすることです」

「金剛、専用……？」

「そうなったら、二度と客の前には出ません。正確には出せません。

金剛色子は、情を催した金剛たちに一日中、代わる代わる犯されて、たいていの者は一月もしないうちに息をひきとります」

そんなの、体のいい処刑ではないか！　声が出せず拳を白くなるほど握りしめている僕に、

「金剛も雄です。彼らは、螺鈿部屋で毎晩のように色子と客の交合いを、目の前で見せられているのです。

もと色子の彼らは、交合いがもたらす快感を、身体の底で覚えているのです」

雪風が僕に向き直って質問する。

「そんな彼らが、目の前の交合いを見ても勃起などしないと、吉祥は本気でそう思っていましたか」

僕はなにも言えず、ただ彼の顔を見つめた。

「そんなときの彼らを鎮めるのが金剛色子なのです。それは常に一人か二人いました。初花が初めてではありません。

金剛が身受けをしたという白龍の話はしましたね。その例は極めてまれで、苦情が三回寄せられてしまった色子が、金剛色子として堕ちてきます。吉祥がここに来てからすでに十人ほどの金剛色子がいましたよ。

もう忘れてしまいましたか？　そのとき私は答えませんでしたが、突然いなくなってしまった色子を、あなたは心配していたじゃありませんか」

初めて聞かされた真実に愕然となってしまった。すぐそばで話しているはずの雪風の声が、ひどく遠い。

僕はうなだれたまま涙を流していた。それに気づいた雪風が、

「あなたのせいではありません。金剛色子は必要な者たちです。この杜若楼の見えない潤滑油として……。

もしも彼らがいなかったら、金剛たちは一年中、勃ちっぱなしで抑えがきかなくなり、商品である色子に襲いかかったり、傷つけたりしかねません。

そんなことをした金剛を、あの六郎様が許すと思いますか」

僕に刃を向けただけで、取立てに来た男たちを金剛に輪姦させたほどの六郎様だ。金剛が大切な商品である色子に襲いかかったら……そう考えようとしただけで、怖くて涙がにじんでくる。

「金剛色子は必要な生贄です。割りきってください。彼らの犠牲の上にこの杜若楼は成り立っているのだと」

「雪風も……抱いたの？」

「何度も犯しました」

雪風はあたりまえのことのように言い放つ。冷静沈着そうなこの目の前の男も、熱いオスだったんだ。

「吉祥の肉を商品になるまで仕込んだのはこの私です。たとえふすま一枚隔てられていても、吉祥の声や息づかいで、今どんな体位でどれぐらい深く御男柱を受け入れているのか、手に取るようにわかるのですよ。

それなのに勃つなと言うのですか？　無理を言わないでください。杜若楼の吉祥ともあろう者が、男の生理を知らないはずないでしょう。

むしろ声だけで私を勃たせることができるということを、誇りに思ってください」

僕が嫌悪の表情を浮かべたことで、逆に落ちついた雪風が言う。

「私がどうしても嫌いになったときには、その声で誘惑して、私に襲いかからせればいいのです。それを六郎様に訴えれば、半日もたたずに私は棺桶の中にいます」

「どうしてそんなこと言うんだ！」

「吉祥が金剛色子の意味を理解してくださらないからです。つまり金剛色子がいなければ、彼ら以上に何人の色子や金剛が死んでいるのかわからない……。

男の生理は綺麗事ばかりではないと、色子なら誰でも知っていることでしょう？」

正論だ。それに付随するさまざまな感情も何度も味わってきた。わかってる。よくわかってる。でも……。涙を拳で拭うと、

「蒸し手ぬぐいは何枚必要ですか？」

「二枚……お願い」

「持って来ます。初花が捕縛されてきたら、吉祥も瑞鳳としての役割がありますから、そのつもりでいてください」

「初花は逃げきれない？」

「まず無理でしょう。

あの吝嗇《りんしょくか》家の六郎様が惜しげもなく憲兵本部に献金するのは、こういうときの人手を借りるためです。憲兵が動けば、早ければ今日中には初花は戻されるでしょう」

憲兵（軍事警察）まで動かすなんて……。せめて初花が怪我を負わされないことだけを祈るしかない。それ以外なにもできない自分がやるせなくて、止まったはずの涙がふたたび溢れ出し、雪風に睨まれてしまった。


初花が杜若楼の広い土間に叩きつけられたのは、その晩の客が帰った早朝だった。憲兵に殴られたのだろうか。顔が少し腫れている。足も泥だらけで、膝小僧もすり傷だらけだ。

「堪忍してよお、父ちゃんにいつ迎えにくるのか聞きたかっただけなんだよお！　聞いたらすぐに帰ってくるつもりだった……」

六郎様のビンタが初花の言葉を封じる。打たれた頬を押さえながら、涙をいっぱいに溜めた瞳で、僕らに助けを求める。そのすがりつくような瞳に、みな、顔を背けてしまう。自ら決まりを破ってしまった初花は、もう誰も助けてやることはできない。

六郎様が初花の胸倉を掴みあげた。荒々しい行為に初花の悲鳴が上がる。裸にむかれた初花は目隠しと猿ぐつわをかけられ、もがきながら杜若楼最奥の金剛部屋に引きずられてゆく。

僕ら全員も金剛たちに促されて、ついてゆく。初花のくぐもった必死の叫びが、これから行われる残酷な儀式を予感させ、歩幅が小さくなる。そんな僕らをまとめた金剛たちが、舌なめずりをしそうな顔で追いたてる。

三十人ほどの金剛たちが普段生活をしている広い部屋は、彼らの生活上、最低限必要なものばかりで、よけいなものは、一切置いてない。まるで僧房のような印象がある。雅な衣装や調度品がある色子たちの部屋とは、対照的な空間だった。

杜若楼中の色子が、みな壁に張りつくように立ったのを確認した六郎様が、

「この初花がなにをしでかしたのか、みんな知ってるな⁉」

一斉にうつむいた色子たちに、

「知ってるのか知らないのか、返事をしろっ！」

「知ってます……」

あちこちから蚊の鳴くような声が上がる。

「これから禁を犯したこの初花に制裁を加える。決まりを守らない者がどうなるのか、よく見ておけ！」

　そう叫ぶと、六郎様が着物のまえをはだけた。中から現れた御男柱に、みな目が釘付けになってしまった。三人がかりで押さえつけられてあがいている初花の腕よりも太く、勢いよく反り返ったそれは大蛇のようにビクビクと脈動している。どんなものでも切り裂けるような『肉刀』という表現が一番近いように思えた。

　六郎様は大きく広げられた初花の両足の間に座り、まだ水揚げもしていない生硬な蕾に、その肉刀をあてがった。

「ひあぐううっ！」

　初花の小さな身体が跳ねた。精一杯の抵抗をするように、身体をのけぞらせる。口の中が鉄臭くなるようなうめき声をほとばしらせている。

　僕らの誰もが、その凄惨な光景に肩が跳ね、そのまま顔を背ける。泣き出しそうな口子の色子もいる。

「目を背けるな！　相田っ、目を背けたやつの借金を百円ずつ加算することを許す。しっかり見張ってろ！」

　未通の菊座が裂け血が出るのもかまわず、グイグイと肉刀を押し進めながら指示を出す。相田が紙と筆を取りだし、色子たちを見張りだす。制裁に耐え切れずに顔を背けたままの色子の名を、しっかり記入している。

相田が一番狙っているのは僕だとわかった。三、四人ずつを見ては僕に視線が回ってくる。一年で半分以上返してしまった僕の借金を、増やしたくてたまらないのだ。

「ううう……うぐ、うぐ……」

六郎様の腰がしゃくり上げるように動きはじめた。なにも施さないまま散らされた菊蕾から、肉刀が動くたびに声が溢れだす。

目隠しをしている初花の手ぬぐいが、涙で濡れはじめる。初花のうめきと肉を裂く湿った音に顔を背けるものが増え、相田の筆が忙しなく動く。

口子の何人かが倒れた。

もうほとんどの色子の名が相田に書き留められている。

僕が最後だった。瑞鳳の誇りもない。今さら百円ぐらいの借金が増えてもかまわない！　そう思って僕はついに背中を向けてしまった。

相田の嬉しそうな顔が目のはしに入った。でも、そんなことに対する悔しさは湧いてこなかった。ただ早くこの制裁が終わり、初花を放してくれることだけを願った。みな耳を塞いだ。壁にすがった。うずくまった。そうして嵐に怯える小動物のように、その時間を耐えていた。

「みんな我慢できなかったのか。惰弱なやつらだな！」

六郎様の吐き捨てるような言葉に、嵐が過ぎさったことを知った僕らは、恐る恐る振り返る。

そこには、初花を陵辱して誇らしげに真っ赤に染まった肉刀を晒しながら仁王立ちをしている六郎様の姿があった。その彼が近づいてきて僕の腕を掴んだ。

「次は吉祥だ。来い！」

まさか瑞鳳のくせに目を背けてしまった僕も、同罪なのだろうか……。

そんな馬鹿な！　という思いで腕を振りはらう。雪凪と雲竜が進みでて、僕の御男柱をしごきはじめる。身体を二つ折りにして抵抗した。が、男の手による刺激に慣れている僕の御男柱は、意志とは関係なく頭をもたげてしまう。

部屋のまん中で死んだように動かない初花の所に引きずられると、

「瑞鳳として、こいつに制裁を加えろ」

という六郎様の言葉の意味を、すぐにはわからなかった。初花の足の間に座らされ、僕の御男柱が雪凪たちの手に導かれるように蕾にそえられて、初めて意味を悟った。

「やだっ！　そんなことできない！」

「吉祥！　甘ったれるな！

おまえ一人ですましてやる。それとも青蘭の十人全員に突っ込ませる気か！」

観念しなければならないのだろうか……。そんな心の躊躇を見ぬいた雪風が、僕の腰を掴んでそのまま押し出した。

ズルッという感触で、僕の御男柱が初花の血まみれの肉にめりこんだ。六郎様につけられた路にそって素直に呑みこまれた僕は、初めての性交に、めまいがしそうなくらいの快感が背筋を駆けのぼるのを感じた。

僕を抱いている旦那たちは、みんなこんな心地に包まれているのだろうか。狭い肉奥を裂いて進むこの興奮で、あの獣のような声を上げていたのか……。

僕も本能的に上体を倒し、初花に覆いかぶさった。

雲竜が、初花から目隠しと猿ぐつわを外す。自分を犯している僕を見あげる目は、怯えと戸惑い、そして悔しさで満ちていた。唇を噛みしめて激痛に耐えながら、僕の腰が生みだす動きに揺さぶられている。

「どうして逃げ出したりしたんだ」

周囲に聞こえないような小さな声で初花を問いつめる。

「吉祥様が、あのときはっきり父ちゃんは迎えにきてくれるって言ってくれなかったから心配になったんだよ」

腰が止まった。初花の腕が、ゆっくりと僕の背に回されそのましがみついてきた。

「嘘でも……よかったのに。迎えにきてくれるよって、そう言ってくれるだけでよかったのに……。吉祥様がなにも言ってくれなかったから、本当に来てくれないような気がして……だから、確かめにいったんだ……。ごめんなさい……」

止まったままの僕の腰を掴んだ雪風が、前後に揺さぶりはじめる。

「止めろ雪風っ。おまえのこと嫌いになってしまうから……この手を放せっ！」

「なら自分で腰を振って制裁を終わらせるのです。あまり長引かせると、金剛の我慢と初花の体力がもちません」

初花がうなずく。僕はごめん、と言いながら腰を動かし、初花の中に制裁の液体を吐いた。

荒い息をしながら血まみれになった御男柱を抜くと、雪風が蒸し手ぬぐいで綺麗に拭ってくれる。初花は焦点が合わない目を見開いたまま、仰向けになっている。

「おまえたちの獲物だ。ぞんぶんに犯せ」

六郎様の一声で、金剛たちが華奢な初花の身体にむらがった。五日前に亡くなった金剛色子以来の獲物の出現は、彼らに理性を奪わせていたようだ。弱々しい初花のすすり泣きだけが、金剛たちの逞しい身体の下からわずかに聞こえてくる。

今宵はクワ入れめでたやな
そなたのクワで耕すは、
さら地の名もなき初畑
たくさんいい種まけるよう、
たくさん収穫できるよう
耕せ　深く　初畑

クワがめりこむ音たてる
秋にはたくさん実をつけて
感謝をかえす　初畑
あな　愛おしや　初畑
あな　悲しやな　初畑

金剛たちが、太い声で歌い出した。収穫祝いの歌詞のうらに、水揚げを意味するその歌が低く響く金剛部屋で、初花の命が、日一日と荒々しくむしられはじめたのを、蠢く金剛たちの背中が如実に語っていた。

その夜の旦那は少尉殿だった。初花の一件はこの杜若楼内部の出来事だ。この件に関しての言葉はいっさい許されない。ただ、いつもと違っていたのは、雪風の存在をより感じてしまったことだった。

肌をまさぐる少尉殿の指がもたらす快感を、今夜は声を出さずに、少尉殿の顔を見つめることで伝えようとした。

「どうした吉祥、おまえの声を聞かせろ。ここをこうしたらいつも上げるあの声を聞かせろ」

「んんうう…んっ、んあっ……やあっ！　恥ずかし……ひぐっ」

必死で声を抑えている僕に、少尉殿は秘め処に深く入れた指で、わざと弱いところだけを攻撃してくる。声を発せない苦しさで身体が弓なりにのけぞってしまう。すると胸の突起を吸いちぎってしまいそうなくらい強く吸い上げる。そんなことをされたら僕の身体はひとたまりもない。溜めつづけていた声が、熱い塊のように胸から押しだされ、一気に弾け散る。

荒い息をつぐ僕の唇を濃厚な接吻で塞ぎ、舌を堪能してから、

「なにがあった？　たまにはこういうものも興奮するが……俺の前では素直になんでも言え」

「雪風が、僕の声だけで、僕が今どんなふうにどれくらい深く御男柱を入れているのかわかるって言ったから……恥ずかしくて、声が出せなくて」

「おもしろい。吉祥は声だけであいつを勃たせることができるのか。

じゃあ、さっきの吉祥のあの声だけで、今ごろこんなになっているかもしれないぞ」

拳を握って勃たせるはしたないしぐさをしてみせる。僕は恥ずかしくて、その手を押さえて降ろさせた。

「よ～し、今夜はあいつを悶々とさせてやろう。明日の朝、いつも取りすましたようなあいつが、勃っているのに耐えている姿を見ながら、俺を送り出してくれよ」

耳元で悪戯をけしかけたかと思う間もなく、少尉殿の猛った御男柱が一気に突き込まれてくる。声を抑えられないくらい腰を密着させ、むさぼるような激しい律動が僕に打ち込まれる。

「っやあっ！　いきなりそんな、深いっ！」

「泣けっ！　乱れてみせろ」

「んん……痛いっ、少尉殿……優しく、そっと……んふっ……」

両腕を頭上に固定され、無防備になったわきの下に舌を這わされた。そこはまだ水揚げまえに孔雀の羽根を使って雪風に開発された場所だ。ギクンと腰が跳ね、僕の最奥を所有している少尉殿を締めつけずにはおかない。

「おおおっ……締まる、締まる。

こんなに激しく搾りあげて……覚悟はできているんだろうな！」

彼は菊座と御男柱の間の蟻の門渡り（会陰）を指の腹でこすりあげる。

「ひいいっ、ひーっ。そこは駄目えっ！　おかしくなってしまいます……。ねっ、ねっ、もう、堪忍して……。ひいっ！」

悲鳴に近い哀願を聞いてもらえるはずはなく、さらに指を押しつけながらこすりだす。

「女はここに御男柱を呑みこむ女陰があるんだ。ここがこんなに感じるなんて……吉祥は本当に女のようだな」

繊細な神経が集中しているそこをいじられると、脳天まで刺激が伝わる。雪風が整えてくれた髪を振り乱し、ヒイヒイと泣き悶える。そんな僕を見下ろし、

「そうだ、もっと乱れろ。隣の部屋のあいつのことなんか忘れてしまえ！　この部屋には俺たちしかいないんだ。もっとむしゃぶりついてこい。吉祥の声をもっと聞かせ

ろ。

おまえのこの淫らな身体が、俺をこんなに交合い好きにしたのだぞっ！」

僕はまるで色に狂ってしまったかのように髪を振り乱し、涙をにじませ、喉を限界まで反らせている。絶え間なく溢れだしてしまう声を抑えることなんて……できない。

「あぁーっ、動いてる……少尉殿が、僕の奥で、暴れてる……っっ」

足がつりそうなくらいつっぱる。僕の貪欲な肉が、ヒクヒクと少尉殿の御男柱を締めつけているのを、体の一番奥で感じる。

「やはり吉祥の花筒が……、一番よい。

これほどの快楽をくれる者はいないぞ」

「！　僕だけって言った……のに……。

少尉殿の御男柱を入れてもいいのは僕だけなのにっ。僕に内緒で、この御男柱をどこに入れたの」

少尉殿の愛撫で忘我の境地に堕ちていたにもかかわらず、彼がふともらした言葉が心の一番柔らかいところに突き刺さる。

恋しさのあまり嫉妬が頭をもたげ、悔しくて悔しくて少尉殿の逞しい胸を拳で打ちすえる。彼にとっては蚊の抵抗でしかないという新たな悔しさが湧く。

少尉殿が腕の中で暴れはじめた僕の手首をとらえ、ふたたび頭上で固定し腕のつけ根に顔を埋める。舌がくすぐるように動く。怒ってしまった僕に、新しく見つけた性感帯を刺激して黙らせようとする。そんな狡さが許せない。

「ごまかされないっ！　僕でしょ？　少尉殿が一番大切だって思ってくれているのは、僕だけでしょ？」

「そんなこともわからないのか！　あまり俺を困らせると怒るぞ」

「だって昨夜、来てくださらなかったから……寂しかったんだもん」

半泣きで訴える。少尉殿の御男柱が僕のなかでグッと膨らんだ。

僕を包む腕が息もできないくらいきつく抱きしめてくれる。太い御男柱が突き込んでくる勢いがだんだん早まる。

「ああーっ、あ、あ、あーっ」

しびれるような感覚が、僕を貫いた。身体の最奥が熱い液でいっぱい満たされると、その熱がさっきまでの嫉妬も嘘みたいに溶かし、消してしまう。

けだるい熱に包まれ、僕はうっとりと目を閉じた。僕の中に残っている少尉殿がくれた余韻のさざ波にただよう心地よさに酔う。

僕の中にある逞しい御男柱の感触。頭の中と熱が残る花筒でもう一度思い出すと、ああっという熱いため息がもれる。

少尉殿が枕元のたばこ盆を引きよせ、火をつける気配がした。

漂ってきた香りが嗅ぎ慣れないものだったので、つい僕は目を開けた。彼の口元に咥えられていたのはいつもの煙管ではない。煙管の三倍ぐらいありそうな妙なものだった。

「これが珍しいか。これは葉巻という西欧の煙草だ。

先日、貿易業の若い男が屋敷に訪ねてきて、ぜひ試してほしいといって一箱置いていったのだ。

そいつがおもしろい男で、よく口が回って、議員の父でさえ圧倒され、ついつい受け取ってしまったのだ。あいつは三食後に必ず油を飲んでいるのに違いない」

ふと……ある男が脳裏に浮かんだ。

「その人は、右足が悪かったとか……？」

「なんだ、あいつ、ここにも葉巻を置きにきたのか？　ちゃっかりしたやつだ。侯爵様だけだと言っていたのに」

「その人は元気そうでしたか？　痩せ衰えていたりしてませんでしたか？」

まさかと思っていたのに、やはりそうだった。嬉しくて少尉殿にすがりつきながらそう尋ねる。が、彼の瞳が険悪な光を宿す。

「さっきは俺の御男柱は自分だけのものだと言っておきながら、自分の穴は誰でも咥えこむのか！　あいつは誰だ！　おまえはあの男とも交合ったのか！」

僕はハッとなった。旦那に他の男のことを尋ねてはいけないという禁忌を犯してしまった。隣室でコトリと音がした。雪風か雲竜にも聞かれてしまった。思わず身がすくむ。その動揺にますます怒りをおぼえたのか、少尉殿が僕の首に指をからめ、追及する。

「ごめんなさい、その人は兄さんです！　僕のたった一人の兄さんなんです。右足は、僕が小さかった頃、家の裏の材木置き場で遊んでいて、僕の上に材木が倒れてきたときに、兄さんが助けてくれて……足首の骨が砕けてしまったんです。そのせいで徴兵検査のときに受付ではねられて、周囲から軍役にも就けない男だって蔑まれて。そんな人たちを見返してやりたくてあんなになってしまったんです。あのとき僕を助けなければ、五体満足でちゃんと軍役にも就けたのに……」

少尉殿の指が離れ、そのまま僕の髪を撫でる。なにも言わず、長く伸びた髪に指をからませて、なんども接吻する。

「元気そうだったぞ。今度屋敷に来たら、おまえのことも伝えてやる。なんと伝えたいのだ」

「早くここから出して……」

「おまえをここから出すのはこの俺だ！　忘れたのか！　おまえはこの俺が落籍すのだから待てと言っただろう。吉祥を幸せにできるのは、俺しかいないんだぞ」

　熱い言葉に僕は、少尉殿の胸に顔を埋めてうなずいた。

「吉祥、夏に五日ほどの休暇が取れそうだ。休暇中は、おまえを誰の目にも触れさせたくない。そのときはおまえを独り占めしたい。俺だけのものにする。そのつもりでいろ」

「でも、僕たちは年季が明けないと、ここから一歩も出られないんです……」

「心配するな。俺にしかできない方法で、おまえと一緒に休暇を過ごすんだ。でないと秋には……」

「秋に、なにかあるんですか？」

「休暇中は、おまえと二人きりで至福の時を過ごそう」

　僕の質問には答えず、抱きしめる腕に力が入る。ついばむような接吻が下りてくる。

（この杜若楼を出て、五日間も少尉殿だけのものになれる）

想像するだけで、身の内がジンと熱くなるような幸せが僕の心を包みこんだ。

ふいに隣室から咳が聞こえた。雪風のものじゃない。雲竜のものだ。交代したらしい。もしかして僕の声で勃ってしまった雪風が、今ごろ初花を犯しているのかもしれない。そう想像すると、そのことを忘れたくて少尉殿の腕にしがみついてしまった。


僕が杜若楼に入楼して一年になる。

少尉殿が約束どおり僕をつれ出してくれたのは、広い空が青く、南の空から立ちのぼる入道雲の白さが際立った日の朝だった。

黒い大きな馬車が杜若楼の玄関先に横付けされ、検番で六郎様たちといろいろやりとりをしていた。

あの六郎様が、いったいいくらで僕を外に出すことを承知したのかはわからない。それでも僕に土を踏ませないという約束と、五日後の朝には必ず返すという念書に判を押されて、僕はいまその馬車の中で、少尉殿に抱きしめられていた。

きっちりとした紺色の燕尾服を着た御者がいることも気に留めずに、唇を求めてくる少尉殿に困惑しながらも、少尉殿が僕にくれた短い自由を満喫することにした。

「今日からあのこうるさい金剛たちはいない。吉祥のことを誰にはばかることなく存分に愛してやる」

その言葉に僕は自然に目を閉じる。少尉殿の唇が重なる瞬間のときめきが嬉しくて恥ずかしくて。唇が離れるとすぐ、彼の胸に頭を埋めて甘えてしまう。そんな僕を子猫にするように頭を撫でてくれる。その指がとても優しい、気持ちいい。


彼が向かったのは、大きな洋風造りの館だった。これが少尉殿の家だと聞かされ、彼は華族様なのだという認識を新たにする。

馬車から降りるときも、履物がない僕を、少尉殿は苦もなく抱きあげ、玄関に入った。女給さんたちが居並び、一斉に挨拶する。そんな中央を、少尉殿は少しも臆することなく、僕を抱いたまま歩みを進める。

居並ぶ彼らの奥に行きついてなにかの合図をした。彼らの一人が僕の足を取り、靴を履かせてくれた。絹でできているのだろうか。柔らかなそれは僕の膝上まで優しく包み、すぐに肌になじむ。履かせ終わると少尉殿がゆっくりと僕を降ろした。

「吉祥のために作らせておいた。履き心地はどうだ？　気にいってもらえるか？」

「柔らかくて気持ちいいです」

少尉殿が、思いがけないほど嬉しそうに笑う。劇的なものを見た気がして、僕は一高生時代に活動写真で見た西洋の挨拶のように、少尉殿の手に接吻をした。

「それは俺の役目だぞ」

少尉殿は耳元で囁くと、二階へと案内された。

この屋敷にはたくさんの扉があり、目の前を颯爽と歩む少尉殿を見失ったら、きっと迷子になってしまう。僕は軍服の裾を掴んだ。

「もう少しゆっくり歩いてくれますか」

振り返った少尉殿に、少し息を切らせてお願いをすると、少尉殿は僕の手を握りしめ、歩調を緩めてくれる。

「着物のままでは動きにくかろう。

洋服を用意してある。部屋についたら着替えるんだ」

洋服はまだ着たことがない。でも少尉殿が僕のために用意をしてくれていた。そのことのほうが嬉しくて、彼の腕にすがりついてしまった。

綺麗な細工が入った真鍮の大きな取っ手の扉を開く。小さかった頃に絵草子で見たことがある西洋の城の中のような部屋が、目の前に現れた。

足が獅子の足をかたどったテーブルや、ゴブラン織りの背もたれと手すりがついた椅子、深碧色した光沢がある天鵞絨《ビロード》の天蓋の中の大きな寝台、床にはペルシャで織られた絨毯が惜しげもなく広げられている。透明なガラスが入った大きな窓からは、中庭が一望できた。

「ここが吉祥の部屋だ。好きに使うがいい。左の扉の奥が浴室だ」

「その隣の扉はなんですか」

「俺の部屋に通じている」

女給さんたちの目を気にしながら廊下を行き来しなくても、扉一枚で少尉殿のもとへ行ける。なんてすばらしい部屋だろう。ここで少尉殿の休暇中、ずっと一緒だなんて……。嬉しくて少尉殿に抱きつき接吻してしまう。

「ゴホッ！」

咳払いに驚いて離れると、入口にふくよかな体格の年配の女給さんが腰に手を当てて立っていた。

「失礼いたします。お言いつけのお召し物をお持ちいたしました」

少尉殿を睨みながら、慇懃に言う。少尉殿をこんな口調でたしなめることができるなんて、きっとものすごく強い女性なんだろう。案の定、少尉殿はこめかみをかきながら、

「ふさ、このまえ話した吉祥だ」

「私、この剣崎家で女給頭を務めております、ふさと申します。御用がありましたら、なんなりとお申しつけくださいませ」

そう言って頭を下げた。が、頭を上げた瞬間、唇の端を吊り上げるようにして微笑み、僕の着物のたもとをたくし上げると、

「まあ、まあ、まあ……、どのような源氏ボタルかと思いましたが、なんて綺麗なチョウチョさんでしょう。

花から花へと蜜を求めてヒラヒラ舞う姿は、やはり美しいものでございますこと。この由緒正しい当家に、おいしい蜜はございましたか？」

金目あてなのでしょう？　と言外に蔑まれた。これが世間一般の色子の扱いだ。知ってる。いまさらそんな言葉に、傷ついてなんかやらない。僕は、伏目がちに彼女の言葉を聞き流す。

「ふさ。無駄口きいてないで、早く吉祥に着替えをさせろ。できあがったらすぐに部屋に連れてこい」

傷ついてしまったのは、少尉殿のほうだったらしい。

自分のことを卑下されるよりも、傷ついてしまった少尉殿に心の中で謝るしかないことのほうが、僕には何倍も辛かった。

「吉祥、おまえの洋服姿、楽しみにしているからな」

そう言いおいて、少尉殿は隣の部屋に消えてしまった。この女給頭と二人でとり残されてしまった不安に襲われる暇もなく、彼女の手が僕の帯をほどきにかかる。

「自分でできますからっ！」

「亮三郎様に言いつけられた、私の仕事でございます。違《たが》えるわけにはまいりません」

力強くそう断言され、仕方なく彼女の手に任せた。彼女は荒々しく着物をはぎとっていきながら、

「吉祥さんといいましたね、坊ちゃまはこの綺麗な顔と身体で簡単にたぶらかせても、私は騙せませんよ。

色子なら赤子ができる心配はないので、私もうるさいことは申しません。が、坊ちゃまには園子様という伯爵令嬢の婚約者様もおられるのです。園子様はすでに当家に行儀見習いとしてともに暮らしていて、女学校を卒業したらお二人は祝言を挙げるのです。

坊ちゃまは、色子茶屋などという悪所に、いつまでも足を踏み入れていられるお立場ではないのです。栄転ももうすぐですし、できたら吉祥さんのほうから愛想尽かしの言葉をかけてやってはくださいませんか？」

彼女の口からもれた数々の事実が、僕を打ちのめすように突きつけられる。僕からの愛想尽かしなんて、できるわけない。少尉殿のことが愛おしくて、彼のことを考えただけで、こんなに胸が塞がれたように苦しいのに……。

「あなたのような下賤な者は、また新しい旦那を見つければいいだけじゃありませんか！

このお金で坊ちゃまから手を引いてくださいませ」

分厚い封筒を僕の胸に押しつけて、彼女が叫ぶ。目は血走り、口角には、興奮のため泡までついている。顔全体には汗が噴いていた。どうしても僕を少尉殿から遠ざけなくては……！　という気概が、満身に見てとれる。その醜悪なまでの必死な形相に、僕は彼女を突きとばしてしまった。

絨毯の上に転がった彼女は、それでも僕を睨みすえ、

「金で誰にでも足を開く色子のくせに、どうして坊ちゃまを離そうとしないんですか！　お願いですから、このお金で、大切にお育てした私の坊ちゃまから手を引いてください！」

「お金なんかいらない！　僕たちはお金だけで繋がっているんじゃない！」

「じゃ、どうしたら別れてくださいますか」

別れることが前提の話だ。そんな彼女との話は、分かりあえるはずがない！

涙を流しながら訴える彼女から逃げ出すように、僕は少尉殿の部屋への扉を開いた。

驚いている少尉殿の腕のなかに飛びこみ、

「少尉殿、お願いだから僕を捨てないでくださいね、なにがあっても僕を離さないでくださいね！」

「あたりまえだ。それより洋服はどうしたんだ？　気に入らなかったのか？」

襦袢のままの僕の顔をのぞきこむ。首を振って少尉殿にしがみつく。この手を離したらきっと僕はこの大きな屋敷で迷子になってしまう。

そんな強迫観念においたてられるように、すがりつく。唇に、熱い息が吹きかかり、少尉殿の唇が押し塞ぐ。

パタンと隣の部屋への扉が閉まった。

彼女の思惑どおりになんかならない。僕は少尉殿が大好き。好きで好きで、おかしくなってしまいそうなぐらい好きなのだ。

僕の肩から、襦袢が床にすべり落ち、少尉殿の腕に導かれて、寝台に倒れこんだ。

西洋の寝台、ベッドは僕らの重みを羽根のように軽やかに受け止める。その羽根の中で僕らは互いの体をまさぐりあった。互いの愛おしさを伝えあい、身体で返事をする。

少尉殿の指、一本一本からさざ波のように快感が生みだされる息苦しさに、僕は羽根の中で身体をいっぱいにのけぞらせて、声を上げる。

あの女給頭がなにを言っても、今は少尉殿は僕だけのものだ。これだけは事実だ。首筋に顔を埋められ、横を向いたとき、驚きのあまり硬直した。その動きに気づいた少尉殿が顔をあげる。

「園子……」

この人が……！　腰まである濡れたような黒い髪、檸檬色のドレスとお揃いのリボンが頭に載っている。小さな赤い唇を悔しそうに噛みしめ、たわむれていた僕たちを大きな瞳を裂けそうなまでに見開いて睨みつけている……少尉殿の婚約者。

「出ていけ。俺を楽しませないようなやつに用はない。式を挙げたら、子供を作るために抱いてやる。それまでは大人しく部屋にいろ！」

激しくかぶりを振った彼女に見せつけるかのように、少尉殿が僕に接吻をする。舌をからませあい、きつく吸いあう。そんな特別に濃厚な接吻に、さすがの僕も苦しくて口を離した。それも許さず、きつく抱きしめる。押しつけられる唇や、からませてくる舌の柔らかさに、固まっていた僕の官能が揺さぶられ、少尉殿の首に腕を回す。

さんざんむさぼるような接吻と愛撫を交わしあってから、少尉殿はうつむいてしまった許嫁《いいなずけ》に声をかける。

「この吉祥はこんなに私を楽しませてくれるんだぞ。私のためなら尻も捧げてくれる」

はっと顔をあげた彼女の瞳が潤んでいる。

「ウソよっ！　亮三郎様のあの巨きなものが狭い御不浄門に入るわけないわっ！」

「俺を愛おしく思ってくれる吉祥だからできるんだ。園子は俺を好きではないのだろう」

「そんなことありません！」

精一杯、勇気を出して叫んだ彼女の言葉を、少尉殿はフンと笑いとばし、

「吉祥、この俺に尻を捧げろ」

王のように僕に命じる。

僕は言われるまま四つんばいになり、愛おしい少尉殿に尻を高くさしだし、そこを捧げる体位になる。

少尉殿が僕の大きく開かれた足の間で膝立ちになった。足下の羽根がくぼんだのだ。満たされる予感で震える菊座が熱を感じ、僕は息を吐き力を抜いた。

その瞬間、彼女のひきつるような悲鳴とともに、奥まで貫かれ、僕は背をのけぞらす。

「園子、なにを泣いている。おまえの花を散らしたんじゃないぞ。それよりも見えるだろう。俺の御男柱がぜんぶ吉祥の中にはまっているところが。どうだ、俺が愛おしければこんなに深く一つになることも可能なのだ。おうっ、吉祥、そんなに搾るな。存分に楽しむまえに弾けてしまうぞ」

「いやっ……もっと、いっぱい……愛おしんでください、吉祥は少尉殿が……す、き。はああっ！　んっ、んっ……こすれてます少尉殿の御男柱と僕が……あっ」

押しこまれるときの息苦しさと、抜かれるときの傘の裏で肉をこそがれる切なさが、胸に満ちる。

絶対的な支配者のように腰を使う少尉殿の逞しさが嬉しい。そのまま前後運動されると僕の腕が折れ、尻だけが高々と掲げられる。そんな恥ずかしい体位も、刺激として僕の体を駆けめぐる。

園子嬢は、顔を覆ってしゃがみこんだ。生まれて初めて目の前で繰り広げられている男同士の痴態に耐えきれなかったようだ。

彼女の存在を忘れたかのような空間に、僕らは耽溺し、弾け散る瞬間、少尉殿は御

男柱を引きぬいて、僕の身体を返し、互いの御男柱に高まりをかけ合った。

「ずるい、ずるい……。

亮三郎様は私の婚約者なのに……どうして色子になんかにっ！」

僕はオスの匂いがたちこめる部屋の中で、少尉殿の心地よい重みを感じながらうっとりとしていた。

そんな僕に、彼女が怨嗟の言葉を投げつける。おんば日傘で育ったであろう彼女の、意外な気の強さに少し驚きもしたし、嫉妬も感じていた。

ずるいと、貴女は言った。けれど婚約者というだけで将来、祝福されて少尉殿と籍をともにし、彼の子を産むことも許され、彼の隣で堂々と生きていける。そんな貴女のほうがどれほどにずるいか、気づいてもいないくせに……。

僕は黙って少尉殿の背中に腕を回す。少尉殿を独り占めする。それを見ていた彼女が、ついに部屋を飛びだした。

「明日、別荘に行こう……」

少尉殿の囁きに、腕に力をこめた。僕は彼女から勝ち取ったような些細な幸せに包まれていた。

翌日の朝早く、品川まで馬車で送らせ、そのまま半日汽車の特等車に乗りこみ、そこから人力車を走らせ、海辺の小さな別荘についた。

今度こそ少尉殿と二人きりになれた。

窓を開けたら、風がわたる音と、永遠に繰り返されてきた波の音だけしか聞こえない。そんな家で、僕は一日中少尉殿の腕の中に包まれ、迎え入れ、果て続ける。

村の者が運んでくれる食べ物の中に、その果物はあった。

少尉殿の腕の中でまどろむ僕の頬に、冷たいものが触れた。目を開けると、真っ赤なものが飛びこんでくる。

「プラムという西洋すももだ。なにかに似てないか」

彼は悪戯そうな目で僕を見ながら、真っ赤に熟れたプラムを動かし、答えを待つ。

「ほらっ」

と言いながら、下の尖った部分で僕の唇をつつく。上から見たそれは、剥きだされて張り出した先端に似てた。僕は上目使いで少尉殿を睨む。彼の目が嬉しそうに細められる。

「少尉殿は、好色がすぎます」

「俺をこんなにしたのは吉祥だ。罰として、これをしゃぶってみせろ」

舌を出し、彼が持つ真っ赤なプラムをゆっくりと舐めあげる。さらに尖らせた舌で左右に小刻みにくすぐるように愛撫すると、見下ろしていた少尉殿の声がもれはじめる。ときおり、わざと彼の指にも舌をはわせると、熟れたプラムを僕の口に押しつけてグリグリとねじこもうとする。

全部を口に納めてしまうには、それは大きすぎてガリッと歯を立ててしまう。ジュワッと果汁がほとばしり、僕の口中を潤した。

「味はどうだ?」

「酸っぱい……」

少尉殿がそのプラムをかじる。少し目が細められ、口が閉じる。プラムがもう一度僕のまえに突きだされる。僕はわざと少尉殿がかじった所に歯を立て、その酸っぱい果肉を咀嚼する。

僕らは交互に果肉を味わい、種だけになると、それを含んだままの少尉殿が接吻をしてきた。互いの口中に種を押しこみあい、じゃれながら絨毯の上を転げ回る。種を飲み込んでしまうまえに少尉殿が吐き出し、本格的な接吻と愛撫で僕を翻弄する。

「幸せすぎて……怖い」

「おまえを不安にさせるものからは、俺が守ってやる」

そんな一言が、心を包んでくれる。

指と指をからませあい、ゆっくりと僕の中に入ってくる少尉殿を、背をのけぞらせて迎え入れる。

これさえあれば、怖いものなんてない。誰がなんて言おうと、批難しようと、僕は大丈夫。


夢のような少尉殿との休暇が終わり、明日は杜若楼に戻らなくてはならない最後の夜、少尉殿が僕を抱きしめながら、

「すまん吉祥……すまん」

と、小さな声で何度も謝る。胸の奥で不安がしみのようにどんどん広がってゆく。さぐるように少尉殿の顔をのぞきこんだ。

「おまえに黙っていてすまん。

この休暇のあと、俺は九州に転属になるのだ」

突然の話に頭も心も真っ白になって、僕は彼の顔を見つめることしかできなかった。

僕を抱きしめたまま、

「中尉になっての転属だから、栄転だ。だが最低、二年は戻れない。二年経ったらおまえは年季が明けるか、誰かに落籍されてしまっているかもしれん。そう思うと、今度のように、強引な時間を作らなければいられなかった」

少尉殿は、少し躊躇するように唇をなめた。そして、

「ここで……俺を待っていないか」

突然の言葉に、僕は言葉を出せなくなった。

「あんな所に帰ったら、また別の旦那を作らなくてはならないのだろう。他の男の腕に抱かれているおまえを想像しながら、任務など、専念できない」

「それは僕に、足抜けをしろという意味ですか?」

「二年だ! 二年間、ここで隠れて我慢してくれ。俺は必ず大尉でこっちへ配属される。そうしたら、俺が責任持って杜若楼におまえの借金を返すから!」

僕の腕を掴んで必死に説得する。そんな少尉殿が悲しかった。涙がにじみ出す。

正直、とっても嬉しかった。たった五日間でしかなかったけど、天にも昇るような心地だった。これがずっと続いてほしいと願わずにはいられなかったことも事実。

だが、口子の色子一人が足抜けをしても、杜若楼という檻は、あの騒ぎで連れ戻す

のだ。まして僕は瑞鳳だ。そんな僕が足抜けをしたら、いったいどんな大騒動になることだろう。

　華族というものに決していい感情を持っていない六郎様のことだ。剣崎の家に一日中、強請りたかりをけしかけることぐらい朝飯前だろう。少尉殿の父上やご兄弟たちに、どんな迷惑をかけるかわからない。それに……、

「ごめんなさい。僕、戻らなきゃ……」

「吉祥！」

「少尉殿は六郎様の恐ろしさを知らないんです……。

　僕は瑞鳳の吉祥です。僕を足抜けさせるなら、剣崎の家を断絶させるくらいの覚悟でなければ、不可能です」

「おまえと生きられるのなら、あんな家、潰してもかまわない！」

　僕を欲して、まるで大きな赤子のように駄々をこねる少尉殿が愛おしい。けれど言わなくてはならない。

「少尉殿、剣崎家の領地で働いている小作人の子供を、何人、女郎や色子にさせるおつもりですか」

　少尉殿の今にも泣きだしそうな顔を見あげながら訴えた。

「土地を追われた小作人は、それでも年貢を納めるために、泣く泣く子供を売ってしまうのですよ。

最近、新しい色子が、大勢、買われてきました。僕が瑞鳳になったばかりの頃には、月に二人だった水揚げが、今では十人近くあるんです。僕は瑞鳳として、ふすま一枚向こうで行われている、水揚げという名の陵辱に晒された新しい色子の悲鳴を聞かなきゃならないんです。血まみれになって心と肉を引き裂かれる、あのものすごい痛みを知っているから、神経が焼ききれてしまいそうなときもあります。

お願いですから、あんな目に遭う者を、これ以上、増やさないでください。家を潰してもかまわないなんて簡単に言わないでください。

二年は待てません。一年で帰ってきてください。一年で大尉になって、僕のもとに帰ってきてください。待ってますから」

この無謀な僕の願いが叶うとは、思えない。でも、一年なら杜若楼で待てる。

不遜かもしれないけど少尉殿も、少尉殿の家の小作人の子供たちも、僕は守りたい。

六郎様のもとに戻ることでそれが叶うなら、僕は戻って、そこで少尉殿を大尉殿って呼べる日を待ちたいと思う。

その夜は、僕らは一晩中繋がったままで時を過ごした。少しでも互いの身体を覚えておくために……少尉殿は僕の名を呼び続けながら、抱きしめてくれた。

翌日のよく晴れた朝、僕たちは東京に戻るため、別荘を後にする。この先、僕たちの将来に何が待ちうけているかは分からない。

『瀬をはやみ 岩にせかるる滝川の われても末に あはむとぞ思ふ』

この歌を書いた紙を、杜若楼の暖簾をくぐる前に、そっと少尉殿に手渡した。

（下巻に続く）

この物語はフィクションであり、実在する事件・個人・組織等とは一切関係ありません。

本書は文庫書き下ろしです。

凌辱のアイリス　大正花色子物語　上

二〇一四年四月二十五日　初版第一刷発行

著　者　高矢智妃
発行者　瓜谷綱延
発行所　株式会社　文芸社
〒一六〇－〇〇二二
東京都新宿区新宿一－一〇－一
電話　〇三－五三六九－三〇六〇（編集）
〇三－五三六九－二二九九（販売）
印刷所　図書印刷株式会社
装幀者　吉原敏文

ISBN978-4-286-15094-9